季語深耕

まきばの科学

―牛馬の育む生物多様性―

太田土男
Ota Tsuchio

コールサック社

季語深耕

まきばの科学

―牛馬の育む生物多様性―

まえがき

山のまきば（牧場）では放牧された牛たちが長閑に草を食べています。採草地では牧草が刈られ、草ロールが転がっていたりしています。麓では、牛舎に沢山の乳牛たちが繋がれ、時に運動場に出て反芻し、朝夕に乳搾りがされています。

旅をするとこんな光景に出会うことがしばしばあるかも知れません。

日本の自然のままは森林です。いわば閉ざされた空間です。これを拓いて田畑をつくってきました。田畑のある里山は伝統的な開放空間ですが、まきばはそれらとは違った西洋的とも言える新しい開放空間です。そこには牛たちのほか沢山の動植物も暮らしています。

明治以前、牛馬は使役に使われていましたが、乳を搾り、肉を食べるための畜産はそれ以降のことです。特に本格的に畜産振興が勧められたのは昭和三十五年頃からです。斯くして、まきばは普通に眼に触れるようになりました。

まきばに直接関わる季語を歳時記から拾ってみると、「野焼き」、「山焼き」、「牧開き」、「仔馬」、「牧閉じる」、「干し草」、「馬肥ゆる」くらいなものでしょうか。しかし、よく見ると、そこには沢山の季語が潜んでいることに気がつきます。まきば、特に自然草地（ススキ草地、シバ草地）には沢山の動植物が生き生きと暮らしていて、生物多様性の宝庫であり、沢山の季語に出会えるところです。

「まきばの科学」では、牛馬の暮らしぶり、まきばと人との関わりに触れながら、科学の目も交えて、まきばを読み解いてゆきます。できるだけ例句を示して、新しい俳句の場、まきばを詠む勘どころを示したつもりです。

まきばは、スカッとした、毛穴が開く空間です。そしてそこには生き生きした自然の営みがあります。気持ちが大きくなります。逞しく生きるもの達から生きる勇気をもらいます。俳句が出来て、自然の爽快感が味わえます。沢山の生物の暮らしぶりを通して環境問題を考える端緒になるかも知れません。

まきばには癒やしがあります。まきばへ出かけて、思う存分その空気を吸ってみたいものです。

目次

六　馬のはなし

一　プロローグ

牧の歴史

日本では明治時代以前は肉・牛乳やその製品を食べる習慣はありませんでした。つまり、西洋に見るような畜産はなかったのです。遡ると仏教伝来のあと、奈良平安時代にくり返し肉食禁止令が出ています。ということは、それ以前はけものを食べる習慣があったことがわかります。しかし、禁止令が比較的スムーズに受け入れられたのは、動物性蛋白質は豊富にあった魚介類でまかなえたからと考えられます。

ところで、縄文時代や弥生時代の遺跡から牛が出土した事例がありますが、牛が飼われるようになるのは、確実なところ古墳時代、五世紀の頃とされています。山口県萩市の北西の海上に見島があり、ここには天然記念物の見島牛がいます。鹿児島県のトカラ列島の口之島には口之島牛がいます。これらがわが国の和牛の先祖と考えられています。西欧系の牛で、朝鮮半島を経由して入ってきたとされています。

牛馬は主に使役に使われました。その飼料を生産し、放牧するところが牧です。律令政治の養老元年（七一八年）に厩牧令《くもくりょう》が発せられたことから、牧がいかに大事にされていたかが分かります。ここには兵馬、駅馬、公私牛馬の管理、牧の管理について事細かに定めています。因みにその一条に、「牧場は毎年三月一日以前に火入れをなし、一方より漸次枯草を焼き払い、草生を普ねからしむべし」とあり、既に草原の管理として山焼きが行われていたことが分かります。

牧には牛馬が放牧されましたが、一方で水田に投入する採草地としての利用も重視されました。日本では農業は水田を中心にして営まれてきました。刈ってきた草は厩舎で牛馬に与えるとともに踏ませて糞もろとも厩肥にして、水田に投入したのです。だから、時に牛馬は糞畜と呼ばれることもありました。斯くして、牧と牛馬は稲作の生産力維持機構の要としての役割を果たしてきたのです。

牛馬は耕耘、運搬など農耕に使役して農業の生産力を高めることに貢献してゆきますが、一方で特に馬は時代が進むに従って軍事利用が重視され、官牧の発生など牧は官からの統制が強まってゆきます。

花辛夷牧の名残の馬どころ

木附沢麦青

近世、江戸時代に南部に九牧あったとされています。「名残」とはその牧を指しています。

斯くして明治以降、乳肉を生産する畜産が営まれますが、本格的に始まるのは昭和三十五年以降のことになります。

日本の草原、成り立ち

和辻哲郎は『風土――人間学的考察』で、気候をモンスーン、牧場、砂漠の三つの類型に分け、それぞれの特徴を述べ、人間の気質を考察しています。その詳細は置くとして、モンスーン地域の風土を夏の熱暑と湿気の結合を特性とするとしています。このことは草木の旺盛な繁茂を意味します。農耕にあっては生産力の高さを期待出来ますが、一方で雑草との凄まじい戦いとなります。

ところである土地がどんな植生を呈するかは、一義的にはその土地の降水量で決まり、どんな種類の植物が出現するかは、温度が決定的な役割を果たします。日本は降水量が年間一五〇〇ミリ内外で多雨です。従って自然の植生は森林です。花綵《かさい》列島といわれるように日本という島弧は南北に連なり、年平均気温で見ると二二・七度(那覇)から六・一度(稚内)になります。従って、西日本に常緑広葉樹林帯(シイ、カシなど)が、東日本に落葉広葉樹林帯(ブナ、ミズナラなど)が展開します。そして更に南に亜熱帯林、北に亜寒帯林が占めることになります。

日本では「自然のまま」とは森林なのです。「やがて野となれ、山となれ」という箴言がありますが、日本では山(森林)になって植生は安定するのです。世界的に見ると雨の少ないところではサバンナやステップなどの草原が展開しますが、ここでは降水量が少ないために、それ以上に植生は変わり得ないのです。

では、日本の草原はどうして維持されているのでしょうか。日本の草原は、半自然草原と呼称されることがあります。「自然のまま」では草原は成り立たず、火入れをしたり、人が刈り取ったり、牛馬を放牧したりすることで、草原が維持されるからです。

大きく農村を鳥瞰すると、ヤマ（林地）、ムラ（集落）、ノラ（田畑）の里山が展開し、少し入ったところに草刈り場、採草地があり、更に奥山に放牧地がある、これが嘗ての農村の標準的な景観配置でした。肉や牛乳を生産する畜産でなかったために、畜力が動力に変わっていく中で草原は衰退してゆきます。それは必然的だったのです。半自然草原は使われなくなれば「山となれ」の言葉通り、山に還ってゆくしかないのです。しかし、特に昭和三十五年辺りを境に、畜産振興が勧められ牧草地（人工草地）も加わって草原は新たな展開を見せてゆきます。

森林、特に長く日本の中心であった常緑広葉樹林帯は、林内は薄暗く、時に魑魅魍魎の世界でした。しかし、草原は開放空間です。人々は新しい景観を得ることになります。斯くして牧場が癒やしの場として多くの人々にも好まれてゆきます。そのことは、追々語ってゆくことにします。

二　まきばの四季
——春のまきば

火入れ

カタクリ

春の牧場、コブシ
（栃木県　千本松牧場）

入牧（岩手県　鹿角　日本短角種）

ホルスタイン種　仔牛

シロクローバ

春のまきば（岩手県　久慈）

二　まきばの四季　―春のまきば

山焼き（野焼き）

草原の春の風物詩は山焼き（野焼き）です。代表的な山焼きは山口県の秋吉台、熊本県と大分県にまたがる阿蘇、久住でしょうか。二月中下旬から三月上旬にかけて行います。古い草を焼くことで草生を整え、灌木や樹木の侵入を防ぎ、草原が山に還ることを押しとどめる目的があります。草原が森林へ還る過程を追ってみると森林に向かうに従って土の肥沃度が増していきます。草原を焼くと窒素は空中に飛散してしまいます。肥沃にする逆のことをやっているのです。火入れは肥沃化をある程度抑えることで草原の状態を維持する技術でもあるわけです。

生きものを走らす山を焼きにけり　野見山ひふみ
大阿蘇の天日冥め山を焼く　岸原　清行
村あげて焼きし野に月のぼりけり　石﨑　宏子

火入れは輪地切りという防火帯を作ったりして万全の注意を払って行います。大きく火の手が上がると誰しも興奮します。

あれほどの猛火の中で、動植物たちは大丈夫なのでしょうか。一度火を点けると火は走ります。その時の気象条件にもよりますが、延焼速度は毎分一八〇メートルといいます。燃えている温度を測ったデータがあります。地上三〇cmで摂氏五〇〇度、一〇〇cmで四〇〇度です。この温度もポイントで二、三分の間だけに過ぎません。地表ないし地下は殆ど温度は上がりません。従って地上部に芽のある灌木や樹木には被害を及ぼしますが、この頃まだ地表や地下にある草本の芽や種子には影響を及ぼしません。飛べるものは飛んで逃げますが、ネズミなどは地下で火をやり過ごします。焼くことで草原を維持する、遠く延々と受け継がれてきた智恵なのです。

二次林（雑木林）

下萌え

日本の気象は夏暑く、冬は寒い。この温度較差は永年生の草たちにとっては厳しいのです。特に冬は、葉を枯らし、地下に養分を回収して春を待ちます。休眠し満を持していた草たちは春になって温度が上がると、芽を伸ばし始めます。この頃、草を抜いてみると、しっかりと根を張っています。地下は地上より暖かいので、根から春を準備しています。いよいよ草萌えです。

下萌えもいまだ那須野の寒さかな　惟然
草千里下萌えにはや牛放つ　里川　水章

ススキやシバは地域差はありますが、三月から四月頃、気温が上がってくると芽を伸ばし始めます。一方、牧草地を構成する外来の牧草（マメ科のシロクローバ、イネ科のオーチャードグラス・チモシー・ペレニアルライグラス・イタリアンライグラス・ケンタッキーブルーグラスなど）は生育温

シロクローバ

度が、在来の草たちより低く、二月下旬辺りから伸び始めます。こうして、野草地や牧草地で草が伸びてくると、牛の放牧が始まります。

チモシー

厩出し、牧開き

冬は多くの場合、牛たちは牛舎の中で飼育されます。干し草・サイレージと濃厚飼料といわれるトウモロコシ、ソルガム（マイロ）など栄養価の濃い飼料を与えます。牛は反芻動物で稲わらも食べます。

春になり陽気が良くなると牛たちを外気に当てます。牛舎にはパドックと言われる運動場がついていて、ここに放します。繋がれていることもあります。これが厩出し（うまやだし、まやだし）です。久しぶりの日光浴、気持ちよさそうに寝ころんだりしています。

頂につらなる雪に厩出し　前田　普羅
厩出しや皆穏やかなちぎれ雲　高野　素十

肉牛や乳牛の仔牛はこの後、山の牧場に上げて、放牧します。山の牧場の気象はまだ厳しく、群れで暮らすことになるので、そのストレスも加わります。厩出しは放牧に馴れさせ

牧開き

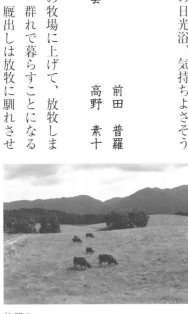

る準備期間でもあるわけです。始めは昼間だけですが、夜間も外に出して、放牧の準備をします。

山の牧場の春は遅く、多くの場合、牧開きは五月に入ります。嘗てはのんびりと徒歩で牛を追い上げたこともありましたが、この頃は自動車に乗せられて来ます。しばしの牛との別れです。一家総出で来て山菜採りをしたり、遊山をしてゆきます。

甲斐駒の匂ひ立つなり牧びらき　堀口　星眠
朝霧に寄り添ふ牛や牧びらき　相馬　遷子
開牧の第一夜明け牛濡れ身　太田　土男

こうして牛は秋まで一五〇日前後山で暮らします。肉牛では山での放牧経験のある牛、**二度山の牛**もいますが、多くは初めての山の、しかも集団生活です。食べものも変わります。色々なことが加わって、馴れるまでしばらくかかり、一時、体重が減ることもしばしばです。

草原さまざま

ここで草原を簡単に整理しておきましょう。日本の自然条件では、人手を加えることによって採草地ではススキを主体とした草原になります。ススキ草地です。放牧を続けると、ノシバを主体とする草原になります。シバ草地です。一方、昭和三〇年代に入ると、山を伐り開いて耕起し、オーチャードグラス（カモガヤ）、ライグラス類、シロクローバなどの外来牧草の種子を播く人工草地がひらかれるようになりました。この草地が牧草地です。この他に耕地に飼料作物を栽培する飼料畑（牧草・トウモロコシ・ソルガムなど）があります。整理すると左のようになります。

シバ草地（久慈）

草原
　自然草地（野草地）
　　シバ草地（放牧地）
　　ススキ草地（採草地）
　牧草地（人工草地）
　　放牧地
　　採草地
　飼料畑

ところでわが国には公共牧場と称する山の牧場があります。公的機関が管理主体となって、農家の牛を預かります。預かるのは乳牛では月齢六ヶ月ほどを過ぎた仔牛、肉牛では子取り用の雌牛（親牛）と仔牛です。こうして若干の料金は掛かりますが、農家の労力負担を軽減し、自前の飼料不足の補完にもなっています。仔牛たちにとっては牛の託児所ということになります。山は傾斜地も多く、歩き廻って草を食べるわけですから足腰の丈夫な牛が育ちます。

ススキ草地

陽炎の牛に食はれてしまひけり　小菅白藤
春の闇牛千頭の重みあり　大串章
巻牛に楢山芽吹きつつありぬ　渕向正四郎

巻牛とは放牧地に種牛を一緒に放牧し、自然交配に委ねる牛の飼い方です。日本短角種で行われることがあります。

旅行で山にさしかかると、広大な牧場を目にすることがあるでしょう。それが公共牧場です。最近では畜産不況もあって、減ってしまいましたが。令和二年で約七〇〇牧場、八万一千ヘクタールの牧場があります。平均一〇〇ヘクタール、一九〇頭の牛が放牧されています。

これらの牧場は公的資金を投入していることもあって、都市の人たちにも門戸を開放し、牛や自然に触れ合って貰うような企画をしています。こ

牧草地

のような牧場を、ふれあい牧場といいます。

左採草地　右放牧地（北海道上士幌ナイタイ牧場）

牛の飼い方

牛の標準的な飼い方についても整理しておきましょう。乳牛と肉牛では飼い方が異なります。乳牛です。搾乳する親牛は、牛舎の中で飼われます。毎日二回搾乳しますから、牛舎の近くにいる必要があります。近くに放牧出来る土地があれば、昼間は外に放たれることもあるでしょう。乳牛は子供を産まなければ乳が出ません。ほぼ一年に一回、子供を産ませます。生まれた仔牛のうち雌仔牛は公共牧場などで放牧して育てることが勧められていますが、実際には二割ほどに留まっています。放牧した雌仔牛は時には種付けして農家に戻します。雄仔牛は肉用として肥育に回します。

一方、肉牛は、子取り（繁殖）と肥育に分かれます。子取りは舎飼いの場合もあれば、放牧で飼育されることもあります。肥育は子取りをする繁殖農家で生まれた仔牛を競りで買ってきて、太らせて出荷します。この過程は舎飼いになります。

整理すると左のようになります。

乳牛
　雌仔牛・・・・・放牧または舎飼い
　雄仔牛・・・・・肥育に回し、主に舎飼い
　搾乳牛・・・・・舎飼い

肉牛
　繁殖牛（子取り）・・・・・放牧または舎飼い
　仔牛・・・・・月齢八ヶ月くらいまで放牧し、肥育に入り舎飼する

やや複雑なことを書きましたが、このことを知っていると、牧場に行っても牛の見方も違ってくるでしょう。

仔牛の角まだやはらかに樟若葉　　有働　亨
親の股くぐる仔牛や草の花　　西山　泊雲

山の広大な牧場でのんびりと牛が草を食んでいます。乳牛なら少なくとも月齢六ヶ月を過ぎた仔牛です。肉牛ならこれから子供を産む雌牛か肥育に回す前の仔牛です。肉牛では親子で草を食む光景が見られるかも知れません。

牛の種類

世界的に見れば沢山の種類の牛がいて、日本にも導入されていますが、極く一般的な牛だけを紹介しておきます。

乳牛はホルスタインとジャージー、前者はお馴染みの白黒の乳牛です。後者はやや小型の茶色で貌がややしゃくれています。放牧に適し、脂肪の濃い乳を出します。

肉牛は黒毛和種、褐毛和種、日本短角種です。黒毛和種は霜降り肉を生産し、そのように改良された牛です。この頃はブランド化され、松阪牛、神戸牛、近江牛、米沢牛、前沢牛など沢山の銘柄牛がいます。

雪渓や牛にまだらのあることも　　太田　土男
花漆谷を領して南部牛　　渕向正四郎
崖の上の黒牛の群鰯雲　　石原　八束

褐毛和種は阿蘇地方で古くから飼われた牛で阿蘇の赤牛などとも呼ばれています。もう一つの日本短角種は岩手を中心に東北で古くから飼われている牛で、褐毛和種に比べれば黒みがかっていますが、土地ではやはり赤牛と呼んでいます。また、南部牛ともいいます。二つの赤牛は放牧によく適していて、肉質は劣りますが、健康志向で赤身肉を生産する牛として人気があります。

黒毛和種（石垣島）

日本短角種（岩手）

褐毛和種（阿蘇）

ホルスタイン種（北海道）

ジャージー種

水牛のこと

水牛の角にひろがる鰯雲　島袋　常星
水牛の歩につれ島の冬動く　北村　伸治
二毛作水牛またも鞭うたれ　久田　幽明

沖縄には水牛が飼われています。牛と水牛は同じウシ科ですが一方はウシ属、他方はスイギュウ属で、種の一つ上の属のレベルで異なります。ピーク時（一九七〇年）には一、三〇〇頭ほど飼育され、主に水田の耕耘などに用いられ、サトウキビやサツマイモ栽培など畑での作業にも使役されていました。沖縄が唯一の水牛飼養県だったのは気候風土に適し、特に水田の多くが強湿田で、力の強い水牛でなければならないこと、粗放な飼養管理に耐えて病気に強いこと、さらに人になつくなど扱いやすかったからなどの理由がありました。農耕の機械化と土地改良事業の進展に伴い、水牛は役畜としての役割を終えました。

現在では竹富島などで島内観光に一役買っていることはよく知られています。

尚、役畜としての水牛や牛の飼養はなくなりましたが、現在の沖縄の乳肉牛の飼養頭数は八二、〇〇〇頭（内肉用牛七八、〇〇〇頭、令和四年）です。石垣島から南南西一七キロに黒島があります。写真はその放牧牛です。人口二一〇人、肉牛二、八〇〇頭が飼育されています。

沖縄黒島の放牧

山菜採り

牧開きの頃は、山菜採りの適期と重なります。**楤の芽**はウコギ科の落葉低木、和名はタラノキです。いわゆる陽樹で日当たりがよいところを好みます。普通、幹や羽状の葉に棘があります。春の代表的な山菜で、ほぐれかけた若芽を摘みます。牧場では牧草地を造成した折に抜根した根を押しやって排根線ができます。ここに好んで生えます。この楤の芽は大野林火先生が好物で、先生は「てんぷら、胡麻あえに良い」と喜ばれました。牧場ではいくらでも採れましたが、里では貴重品で、早い者勝ち、先を越されてしまいます。

牛追つて背籠に楤の芽をふやす　　太田　土男

この他、木本の木の芽としては、サンショウ、ウコギ科のコシアブラ、ハリギリなどに

山の幸（ワラビ・ゼンマイ・ウド・篠の子など）

人気があります。この内、楤の芽、コシアブラが店頭に並ぶようになりました。

薇《ぜんまい》はやや湿ったところに生えますが、**蕨**《わらび》は日当たりのよい、草原に生えます。前者がゼンマイ科、後者がウラボシ科の違いがありますがどちらも胞子を作ります。もっとも、両者はもっぱら根茎で増えてゆきます。ゼンマイは独特の歯切れとまろやかな風味で好まれますが、食べるまでの処理が厄介です。一方ワラビは茹でてアク抜きするぐらいで煮つけやおひたしにして食べられます。山村の人たちは競ってゼンマイ、ワラビを摘み、干したり塩蔵して貯蔵します。秘密の場所を持ったりして、寄れば自慢話になります。

ぜんまいののの字ばかりの寂光土　　川端　茅舎
蕨摘む水のつくりし径辿り　　藤田　直子

石走る垂水の上のさ蕨の燃え出づる春になりにけるかも

は万葉集の志貴皇子の歌ですが、万葉人も蕨狩りをしたのでしょう。ワラビは自然草地によく生えます。一度侵入すると、シバの下層に根を入り込ませて繁殖します。草丈が高いのでシバを日影にして優勢になってきます。牛を飼う側からいえば好ましい草ではありません。時に牛の口に入りすぎて、牛が蕨中毒を起こすことがあります。一方ワラビの地下茎は良質な澱粉を蓄えていて、水で晒して取り出します。蕨粉の利用は縄文時代以来のものです。

蕗の薹は春を告げる山菜です。蕗の薹の季節が終わると長い葉柄をもった**蕗**（根生葉）が伸び出してきます。根茎といって茎はもっぱら地中にあります。蕗は夏の季語です。和名はフキ、キク科でその花茎が蕗の薹というわけです。雌雄異株、従って蕗の薹は一見同じようですが雌雄異花です。雌花は白ですが、雄花はやや淡い緑を帯びています。花粉を飛ばせば雄花は枯れますが、雌花はタンポポのような綿毛を生じます。呆けてきたのが、蕗の姑、更に蕗の姥などと呼ばれ、季語にもなっています。あるときこの蕗の姥を摘んでいる人に出会いました。これも塩蔵して食すのだそうです。蕗の薹はやや苦みがあり、天麩羅にし、細かく刻んで蕗味噌を作ります。これぞ春、そして大人の味です。

蕗の薹

白山は蚜かへさず蕗のたう　　奥坂　まや

蕗（根生葉）を摘み、きゃらぶきなどを作ります。フキは季節を違えて二度楽しむことになります。なお、大型のアキタブキは変種で、柄は一メートルに及びます。キク科には山菜として好まれるものが沢山あります。例えば、モミジガサ（シドケ）、ヨブスマソウ（ボウナ）、ヨモギ、アザミ類などに人気があります。一度雪の下から出たばかりのアザミを食したことがありますが、格別でした。

うどわらびこごみすずのこ大雪渓　　山口都茂女

山独活（ウド）も人気があります。地方に行くと店頭に並びます。野生のものは香りも強く、それを珍重します。ウドの大木といわれるように、草本でありながら一、二メートルにもなります。

牧場の周辺にしばしば見られるものに**ギョウジャニンニク**（アイヌネギ）があります。独特の強い香りがします。**クサソテツ**（コゴミ）も人気のある山菜です。

独活漬けて山国つねに冬仕度　　山崎和賀流

山菜の若芽は、毒草と間違えやすいことがあります。
特に猛毒のトリカブト、ドクゼリ、ハシリドコロなどは
覚えておく必要があります。

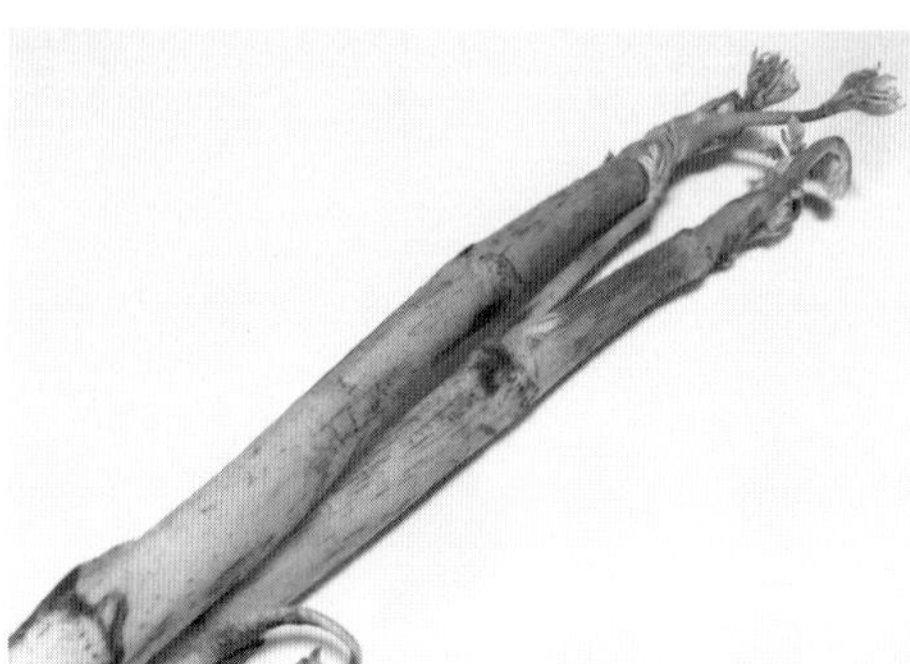

独活

まきばの春の花々

山の牧場は雪深くなるところでは、冬は牧柵を外します。従って、牧開き前に、付け直しをします。春の季語に「垣繕ふ」というのがありますから、「牧柵繕ふ」を傍題として挑戦して見てもいいかも知れません。

その頃、真っ先に咲くのが**コブシ**（辛夷）です。里山では田打ち桜といって、田打ちの時期を知らせます。葉の展開に先立って幼児の拳のような六弁の真っ白な花を咲かせます。まだ周囲の木々は葉を出していませんから、吹き出しのように見えて印象的です。変種にキタコブシがあります。コブシよりやや大きく、本州中北部の日本海側から北海道に分布します。

空冷えて来し夕風の辛夷かな　　草間　時彦

少し遅れて咲き出すのが**ヤマザクラ**（山桜）です。『日本の野生植物　木本』（平凡社）ではサクラ属として二五種記載しています。ソメイヨシノが葉に先立って花を咲かせるのに対して、ヤマザクラは花と葉を同時に開きます。新葉はやや赤味を帯びます。その頃、周囲の木々も芽吹き始めます。赤や緑、山は活気を見せます。この頃の様子を北国では春紅葉といったりします。「木の根明く」という言葉は季語として歳時記に載るようになりましたが、春紅葉も使ってゆきたいものです。

山国の空に山ある山桜　　三橋　敏雄
山桜牧の春とはなりにけり　　富安　風生
一山のどこか滝音山ざくら　　鈴木　貞雄

カタクリ（片栗）

春の牧場や周囲の落葉樹の森を彩る代表的な植物です。おおむね関東以北に多く見られます。二枚の葉の間から花茎を伸ばし、紅紫の花を下向きに咲かせます。古名にかたかご（堅香子）があります。カタクリは木々の芽吹き前に咲き出して、若葉が出そろう頃には消えてしまいます。季節的な棲み分けといえるでしょう。慎ましい花です。

片栗の花に離れて牛繋ぐ　　太田　土男
一山の花堅香子の風に鳴る　　野乃かさね

鱗茎には澱粉があり、食べます。北国では雪解けとともに現れる葉をゆがいて食べます。花も食べます。

ミズバショウ（水芭蕉）

歳時記では夏です。尾瀬ヶ原がよく知られ、登山と結びつけられているのでしょう。しかし北国や山の牧場では春の花です。雪解けとともに咲き出します。葉に先だって、印象的な白い大きな苞（仏炎苞といい、花―花序はその中に納まっている）を出します。牧場では水が滲み出したりしている水場のようなところによく見られます。因みによく似た苞が暗紫褐色の**ザゼンソウ**（座禅草）がありますが、歳時記では春とされています。

鳥のこゑ降つてくるなり水芭蕉　久保田哲子
沢音の房を満たしぬ座禅草　鈴木　貞雄

水芭蕉（花の終わり）

タンポポ（蒲公英）

放牧地に入り込みます。

たんぽぽや長江濁るとこしなへ　　山口　青邨

悠久の歴史を背景にタンポポの存在感が迫ります。太陽のような黄が印象的です。タンポポというと最近は総苞が外側に反り返ったセイヨウタンポポが目立ちます。図鑑『日本の野生植物』（平凡社）ではタンポポ属一二種を上げていますが反り返るのはセイヨウタンポポだけです。特殊な繁殖戦略を持っていて、花粉を受けることなく実を結ぶことも出来ます。単為生殖といいます。一方、カンサイタンポポ、カントウタンポポなど在来の種《しゅ》は花粉をいただかなければ種子が出来ません。北海道を中心に、エゾタンポポ、シコタンタンポポがあります。北海道の牧場でシコタンタンポポの大群落に出会ったことがありました。まさしくこれも日本のタンポポ、印象的でした。

たんぽぽや日はいつまでも大空に　　中村　汀女

牛死せり片目は蒲公英に触れて　　鈴木　牛後

花が終われば、絮毛を作ります。風に任せて種子を遠くに伝播させる繁殖戦略なのですが、私たちには夢を与えてくれます。

シラカバ（白樺の花）

白樺の花や高嶺は北へ抛る　　藤田　湘子

シラカバ（シラカンバ）は陽樹（光をより好む木、マツ、ハンノキなども）で展けたところに真っ先に入ってきます。焼畑のあとなどに生えてシラカバの純林を作ることがあります。まきばに小さな疎の森を作っていることがありますが、放牧する牛のために日影（庇陰林）を作っているのです。幹は白で、印象的です。雌雄同株で雄花は秋のうちから尾のような花穂をぶら下げています。雌花は上を向いて突っ立っています。四月頃、葉が出るより早く花を咲かせます。地味な花ですが、青空に映えると春を感じさせてくれます。

シラカバ

まきばの春の動物たち

小さな昆虫たちに焦点をあててみましょう。草原を代表する蝶はモンキチョウ、ベニシジミです。前者はクローバなどのマメ科の牧草を、後者はギシギシ類を食餌植物に選んでいます。一方、キアゲハは吸蜜のために草原によく現れます。タテハチョウ科のウラギンヒョウモン、ミドリヒョウモンなど、ヒョウモンとつく蝶もアザミ、トラノオなどの蜜を求めて飛んで来ます。蝶の中には草原が少なくなったために希少種や絶滅危惧種になっているものもあります。オオルリシジミ、オオウラギンヒョウモン、ヒョウモンモドキはその一例です。

あめつちの息合うて蝶生まれけり　　田中　春生

可憐な蝶にギフチョウやヒメギフチョウがいます。春の訪れと共に現れるので春の妖精（スプリングエフェメラル）といって愛されます。前者はカンアオイ、後者はウスバサイシンを食草として分布を南北に棲み分けています。ヒメギフチョウは片栗の花に吸蜜に現れます。

ひめぎふ蝶またぎの神へ陽をはこぶ　昆　ふさ子
ひめぎふ蝶木つ端のやうに吹かれ来し　小林　輝子

キリギリス、コオロギ、バッタも草原に好んで暮らす昆虫たちです。また、ヤンマやアカトンボも草原に生息する昆虫の代表種です。

アブ（虻）、ハエ（蠅）も草原に棲み、牛に取りついたりします。牛虻、刺し蠅は牛を襲い、吸血します。牛たちが絶えず尾を振っているのは追い払うためです。草原の草木の茂りに入り込むのも忌避行動です。牛の背中で牛虻が血を吸っているのを見つけて叩いたことがあります。虻は転んで、その後に血が一〇センチほど噴き出しました。凄まじいものです。

牛虻よ牛の泪を知つてゐるか　永瀬　十悟
死ぬ日など無きやうに蠅生まれけり　今瀬　剛一
一放馬矢のごとく来ぬ虻つれて　木附沢麦青

ヒメギフチョウ

小鳥たちに目を移しましょう。小鳥たちにも生息環境に好みがあります。森林性のもの、草原性のもの、そして水辺を好む鳥に分けることが出来ます。森林性の鳥たちにとっては、まだ環境はかなり残っていますが、草原などの展けた環境は減ってきています。

鶯や山拓く火に昂ぶりて　　橋本多佳子
金色の日を沈めたる雲雀かな　　秋篠　光広

地域によっても異なりますが、北海道（石狩、苫小牧、帯広）の草原性の鳥を一例として挙げると、ノビタキ（夏）、コヨシキリ（夏）、ホオアカ（夏）、ノゴマ、オオジュリンなどです。宮城（川渡）の例では、ヒバリ（春）、ウグイス（春）、ホオアカ（夏）などが観察されています。

三　まきばの四季
―夏のまきば

まきばはみどり（北海道浦幌）

サイロ・国指定重要文化財
（岩手県　小岩井牧場）

尻屋崎灯台（青森県）と短角牛

休息（栃木県　千本松牧場）

早坂高原（岩手県）の短角牛

放牧地はまぜご飯

搾乳牛の放牧（イギリス）

三　まきばの四季　―夏のまきば

まきばはみどり

新緑、万緑、緑雨などの季語があります。「まきばはみどり」です。
何故みどりなのでしょうか。太陽の光はいろいろな色の光が合わさって白く見えます。虹の色、紫、藍、青、緑、黄、橙、赤、括っていえば青、緑、赤（これを光の三原色といいます）です。その白色光が葉っぱに当たると青と赤は吸収されますが、緑は反射されたり、通り抜けたりします。吸収されたものは光合成のエネルギーとして使われ、私たちは反射されたり通過した緑の光を見ることになります。斯くして「まきばはみどり」なのです。

新緑をゆく新緑になつてゆく　太田　土男

まきばはみどり

夏野

まきばはみどり、この季節の草原を一口でいえば夏野でしょう。夏野の表情を描いてみましょう。

たてよこに富士伸びてゐる夏野かな　　桂　信子
牛を置き羊を散らし夏野かな　　片山由美子
川一つ匿うてゐる大夏野　　鈴木　貞雄

牧草地には採草地と放牧地があります。採草地には牧柵がなく、放牧地には牧柵がありますから、それを手がかりに区別が付きます。

牧草を播いた採草地では一番草の刈り取りが始まります。採草地には主に、イネ科の草丈の高くなる牧草（オーチャードグラス、チモシー、イタリアンライグラス）が播かれています。穂が出て開花するようになると栄養価が下がるので、その前に頃合いを見て刈ります。刈ったものは、干し草にしたり、サイロに詰めたりして貯蔵します。最近ではロールに巻いて貯蔵することが多くなりました。ロールベールといいますが、干し草ロール

夏野（石垣島）

（草ロール）といってもいいでしょう。

牧草を筋に刈りゆく鰯雲　太田　土男
牧草を刈らむとすでに濡れゐたる　下田　稔
草刈の昨日刈りたる山を越ゆ　木附沢麦青

牧草の特徴は、刈った後、また再生してくることです。限度はありますが、こうして数回の刈り取りをくり返します。刈ると草の匂いは強く辺りに広がり、酔うほどです。採草地は大型機械で刈ったり、干したり、巻いたりしますから、山でも傾斜の余りきつくない、精々十数度のところまででしょうか。

放牧地も夏野です。牛が点在し、広々とした開放空間は里山などとは違って、胸襟を開かせて呉れます。「青嵐」、「風薫る」などの季語を存分に体感させてくれるはずです。遠く雪渓を望み、雲の峰も被さってきているかも知れませ

牧草の刈取り（フォーレジハーベスター）

ん。千メートルを越えるような放牧地では、朝には雲海も見られるでしょう。毛穴のひらく空間です。

青嵐柱に牛の誕生日　　小原　啄葉
青嵐幹まっすぐに並びけり　　井越　芳子
山高く働く人に青嵐　　茨木　和生

山の牧場は気象も変わりやすく。一変して夏霧が湧き、雷雨になり、雹が降ったりします。牛は霧に包まれてかつ消えて、方向感覚を失うほどです。雷は時に足元で鳴ります。そしてからっと快晴が戻って来ます。牛はというと何ごともなかったように草を食み、時に背中から湯気を上げています。

四百の牛掻き消して雹が降る　　太田　土男
大夕立ぶつかり合ひて牛歩く　　〃

草茂る・草いきれ

夏に入ると草の生長は最盛期に入ります。植物は光合成の仕方でC4植物とC3植物に分けることが出来ます。後者は日射量が低い段階で光合成は飽和しますが、前者は高くなります。生育適温も後者は低く、前者は高くなります。従って夏に入るとC4植物のススキやシバは旺盛な生育が見られます。文字通り、草茂る、草いきれの勢いです。一方、導入された牧草、オーチャードグラス、チモシー、ライグラスなどはC3植物で、高温すぎることもあってたじろぎます。外来の牧草は寒地型牧草とも言われ生育適温が低いので、春が稼ぎどころで、夏は標高の高いところならよく適応します。標高の高いところに外来牧草を播いた牧草地、牧場が多く見られる所以です。

夏草の匂ひいのちのにほひかな　　嶋﨑　茂子
耳で聞く牛の脈拍草いきれ　　加藤　憲曠

C4植物はイネ科の植物に多く、メヒシバ、オヒシバ、イヌビエ、チガヤ、エノコログサなどがこれにあたります。これらは普通に日本の山野に自生する草たちです。カヤツリグサ類、ヒユ類にもこれにあたる植物が多いようです。これらが夏草の代表であり、夏野を構成することになります。

エノコログサ

シバ草地とススキ草地

ここで野草地のシバ草地とススキ草地について少し、立ち入って見ておきましょう。

シバ草地はくり返し放牧を続けることで出現し、維持されます。何故でしょうか。シバの茎は地上を這い、成長点、つまり芽は地上すれすれのところにあります。そのために火入れの時にダメージを免れましたが、放牧しても多くの場合、芽は食われることが殆どありません。他の草とはこの違いによって、選択的に生き残ることが出来るのです。ただ、もともと暖地の草ですから、北海道では道南辺りにシバの北限があります。

シバ草地といっても、シバが優占しているほか、沢山の野草が入り込んでいます。九州では

シバ

ネザサが高い頻度で見られます。入り込んでいる主な種をあげると、スミレ類、オキナグサ、ヒメスイバ、ワラビ（以上春）、ゲンノショウコ、ミヤコグサ（以上夏）、オオチドメ、キンミズヒキ、センブリ、ウメバチソウ（以上秋）などです。

草千里霧をまとひし馬にのる　　小原　青萍

星までを芒野としてふり向かず　　今瀬　剛一

ススキ草地は刈り取りを続けることで出現します。刈らない場合には、侵入した灌木のノイバラ（夏）やアカマツなどの樹木などを取り除くために火入れをします。

牛の乳みな揺れてゐる芒かな　　鈴木　牛後

ススキは一度その場所に定着すると、根茎によって大きな株をつくってゆきます。ススキ草地はそんな大小の株がランダムに散らばっています。その隙間に、いろいろな植物が入り込んで、ススキ草地をつくっているわけです。ススキ以外にトダシバ、オオアブラススキがよく見られます。秋の七草のハギ、キキョウ、ナデシコ、オミナエシ、フジバカマなどもススキ草地の草々です。オカトラノオ（夏）、アキノキリンソウ、シラヤマギク、ノコンギク、ユウガギク、マツムシソウ、ツリガネニンジン（秋）なども上げておきましょう。

ススキ

放牧さまざま

ここで放牧について整理しておきましょう。

夏の牧まぐれやすくて雲・羊　山崎和賀流
牛のむれほぐれさまよひ鰯雲　小原　青萍
黒牛を追ひゆく父も露の人　木附沢麦青

牛などの草食家畜は、本来、耕地として利用出来ないような土地から効率的に肉や牛乳といった食糧を得る手段と考えることが出来ます。勿論、最近では、耕地で生産した牧草やトウモロコシ、モロコシといった穀実を与えるようになりました。私たちの食糧はもともと太陽エネルギーに頼っているわけですから、一度家畜に食べさせて、その生産物の乳肉をいただくということは、エネルギー効率から見れば数倍も余計に要していることになります。つまり人が肉食動物として生きる度合いが大きくなるほどエネルギー効率が低下し、一人が生きるための土地利用面積が広くなるということです。言い替えれば地球の収容可能人口が少なくなることです。

さて、**放牧**です。**定置放牧（連続放牧）**といって、牧に上げたら、一シーズン入れっぱなしにしておきます。主に肉用繁殖牛が対象になります。牧草地に比べて開牧は遅く、年間一三〇日前後放牧します。放牧中の牛の健康状態の見回りなどの監視は欠かしませんが、もっとも粗放な放牧です。シバ草地あるいは樹木や灌木が散在している自然草地が対象になります。

転牧の牛の先導夏つばめ　太田　土男

もう一方に**輪換放牧**があります。牧草地が対象になり、集約度に応じて多様です。一例を挙げれば草地をいくつかの牧区に区切って、一週間程度放牧し、順次回してゆく放牧の仕方です。こうすることで、牛にはいつも新鮮な牧草を食べさせることができ、一方牧草には過度の採食や踏みつけによるダメージを与えないことになります。牧区を変えることを**転牧**といいます。これをくり返していると、牛はそのことを覚えていて、進んで新しい牧区に入ってゆきます。

牛の耳のタグ

放牧している牛を眺めていると、牛それぞれの耳に黄色いタグがついていることに気がつくでしょう。一〇桁のコード番号がついています。牛のトレーサビリティ制度といって、牛の出生から消費者に提供されるまでついて廻ります。牛海綿状脳症（BSE）が発生したことがありました。もしそのようなことがあればどこでどう育ったかを追跡できるようなシステムになっているのです。

耳タグをつけた仔牛

放牧地は混ぜご飯

牧草地は、山の樹木を切り払って、抜根、整地して牧草の種子を播きます。一旦造成したら何年もくり返し使います。近づいてよく見ると、イネ科の牧草なら、例えばオーチャードグラス（カモガヤ）、チモシー（オオアワガエリ）、ライグラス類（ホソムギ類）、ケンタッキーブルーグラス（ナガハグサ）などが混ざっています。マメ科の牧草ならシロクローバ（シロツメクサ）、アカクローバ（アカツメクサ）などが見られるでしょう。このように沢山の種類の牧草を混播きするのは、栄養上のバランスや春から秋までまんべんなく補い合いながら草に成長して貰う配慮からです。牧草たちは下の方で繋っているもの、草丈を伸ばして繁るものなど空間的にも平面的にも棲み分けています。放牧地は何年もくり返し使いますから、そのことも配慮して播く牧草が選ばれています。

放牧すれば糞が落とされます。その周りの草を牛は食べません。センチコガネなどの昆虫によってやがて分解されますが、食われないことで花が咲き、種子が落ちて、新しい世代の牧草が伸び始めます。こうして播かなくとも放牧地は更新しています。

山を伐りひらいて作った放牧地です。周りからいろいろな樹木や野草の種子も飛んでくるでしょう。牛たちにいい草を提供するためには上手に管理することが大切ですが、傍目にはそれもまた放牧地の眺めとして風情があります。牛たちも毒草でない限り食べます。侵入した草たちは季節それぞれ花を咲かせて、それぞれの種《しゅ》を繋いでゆきますから放牧地は変化に富んで、訪う人たちを楽しませてくれます。

放牧地は混ぜご飯（オーチャードグラスとシロクローバ）

放牧地の主な施設

放牧地は広々とした解放空間で取りつくものがないようですが、幾つかの施設、手がかりがあります。

牧柵—普通有刺線が使われますが、来訪者があるようなところは景観に配慮して木材が使われます。所によっては電気牧柵が使われることがあります。架線には高電圧を間欠的に通電しています。

牧柵の白き一条青嶺より　太田　土男
白樺の馬柵より雲の峰は湧く　福田　蓼汀

因みに電圧は六千ボルトから一万ボルトの高圧電流が一秒間に〇・〇一秒ほど流れています。触ればかなりの衝撃がありますが、通常では問題ありません。牛は一度触れると覚えていて再度触れることはありません。私は不用意に一度触れたことがありますが、それ以来もう

木柵（木製・長野県長門牧場）

こりごりです。

水飲み場—必ず水飲み場を設けます。放牧地には小さな沢がありますから、沢水を使うこともありますが、沢水は消毒して使うように指導されています。牛は水を必ず飲みますから、ここに体重計を置いて、自動的に計測して健康管理したりします。牛に個体識別タグを付けておくと個体管理が出来るのです。

薄明の牛の水場に水芭蕉　　太田　土男

塩呉れ場—給水所とは離して、固形塩が置かれます。

夏深む野に置く牛の塩赤く　　渕向正四郎

追込柵—管理のために牛を捕獲する袋状の施設です。

庇蔭林・庇陰樹—牛に日影を与える林、あるいは大樹が配置してあります。

翠陰を牛に差し伸べ大柏　　野乃かさね

水飲場（上士幌ナイタイ牧場）

ゲート―一々人が開閉するものや目の粗いすのこ状の橋を渡したキャトルゲート（インデアンゲート）が設置されることもあります。蹄の関係で牛馬は渡れません。
傾斜の急な放牧地では、牛は横方向に歩きますから等高線状に**牛道**が出来ます。遠望すると綺麗な縞目が現れます。

郭公や牛のつけたる牛の道　太田　土男

牧は複雑に起伏しています。風通しのよい小高いところは牛馬に好まれます。牛馬の屯するところです。こうしたところで牛は反芻していま す。ここを**馬立場**《うまたてば》あるいは立場といいます。

雪割つて土の黒張る馬立場　太田　土男

カウゲート（人は通れるが牛は通れない）

放牧地がつくる景観

シバ草地はくり返し放牧された自然草地（野草地）です。見渡す限りシバで被われている草地もありますが、放牧の程度や管理の仕方でパッチ状にススキが残っていたり、牛の食べない有毒な灌木や棘のあるノイバラのような植物が温存されていることもあります。牛にとってはそんな茂みは日陰になったり、時には体をこすりつけることで牛虻や刺し蝿を追い払うのに格好の場所になります。

牧牛の真昼ちらばり山躑躅　　石橋辰之助
山つつじ天日分ける峠かな　　福地　真紀

嘗ての放牧地に行くとツツジ科の低木が残っていて、ツツジの名所になっているところがあります。雲仙のミヤマキリシマ、佐渡のハクサンシャクナゲ、安比高原（岩手）、八

放牧地の景観（北海道ナイタイ牧場）

方ヶ原（栃木）、三瓶山（島根）などのレンゲツツジは毒を含み、家畜が食べないために残ったものです。この他にも、放牧地にはタニウツギ、アキグミ、ノイバラ、メギなどが残っていて放牧地特有の景観を止めています。

雲仙のミヤマキリシマ

サイロのある眺め

サイロ入れヒマワリの黄も刻みこみ　大野　林火
青草がサイロに満ちて祭くる　福田甲子雄

サイロにもいろいろな形がありますが塔型サイロはその代表でしょう。

雪原の赭《あか》きサイロのロシア文字　松崎鉄之介

小岩井牧場のレンガ作りの塔型サイロは国指定の重要文化財になっています。サイロは、牧草やトウモロコシなどを刻んで詰め込み、空気を遮断して乳酸発酵させて貯蔵します。

サイロ開けば甘酸し雪の方一里　太田　土男

こうして草のない、主に冬場にサイロを開けて取り出し牛に与えます。嘗ては塔型サイロは砦のように、あるときには牛飼の象徴のように立っていました。今では殆ど使われなく

サイロのある眺め

なり、立っていても中は空っぽです。

一方、最近では斜面を利用してコンクリートの壁をつくりそこに牧草やトウモロコシを詰めるバンカーサイロ・スタックサイロや半干しにしてロールに巻いたロールベールサイレージ（牧草ロール、草ロール）が多くなっています。この頃よく目にするのはもっぱら牧草ロールの眺めです。

干し草もつくられますが、一五％程度まで水分を落とす必要があり、なかなか連続した晴天が得られず、いい干し草を作ることが難しいのです。

水分の高い干し草（三〇から四〇％程度）を梱包すると微生物の好気的な発酵によって発熱して火災になることがあります。結構沢山の事例があり、私も経験しました。朝ある牧場に泊まったときのことです。朝早くから大騒ぎです。起き出してみると乾草舎から火が出ていました。この時は乾草舎一棟とトラクターが焼けてしまいました。

スチールタワーサイロ

まきばの夏の花々

ゲンノショウコ（現の証拠）

道端に普通に見られるフウロソウ科の多年生の草本で、花は淡紅色で精々一・五センチ程度の大きさです。燭台のような莢を結び、熟すと弾けて種子を飛ばします。陰干しして下痢止めに用いられました。薬効の確かさが「現の証拠」、名の由来とされています。

しじみ蝶とまりてげんのしようこかな　　森　澄雄

フウロソウ科には沢山の仲間があり、ハクサンフウロ、チシマフウロなどの高山植物は花の径が三センチにも及びます。標高の高い草地では入り込んでくることがあります。

オカトラノオ（岡虎尾、虎尾草）

サクラソウ科の多年生で、茎は分枝せずに直立し、六、七〇センチの茎の頂上に総状の花をつけます。花の色は白で総の先端は垂れさがります。それが獣の尾に似ているとして命名されたのでしょう。

虎尾草といへど優しき尾を揺らす　青柳志解樹
虎尾草の相手さがしてゐるやうな　藤田　直子

地中に長く地下茎を延ばして繁殖します。従ってしばしば群生し、真っ白い花穂故に目立ち、強く印象に残ります。私は山から採ってきて庭に植えていますが、平地でもよく育ちます。

ニッコウキスゲ（日光黄菅）

和名はゼンテイカで近縁にキスゲ、エゾキスゲがあり、山地の草原に生える多年生です。自生地として尾瀬ヶ原はよく知られていますが、霧ヶ峰、八幡平など各地に名所がありま す。平地の路傍にはノカンゾウが、また八重咲きのヤブカンゾウが咲きます。後の二つは花が赤味を帯びています。

ニッコウキスゲ

日光黄菅群れゐておのれつくしけり　瀬知　和子

厩までユウスゲの黄のとびとびに　大野　林火

飛島にはゼンテイカの変種のトビシマカンゾウがあり、花は大型で、一茎に一五から三〇もの花をつけます。民宿に泊まった折に、夕食にこの花の和え物が供されました。

スズラン（鈴蘭）

山地や高原の草地に生えます。北海道では道《どう》の花に指定しています。毒草で、牛馬が食べないので草地にもよく残ります。

鈴蘭の花山塊を川離れ　飯田　龍太

しばしば栽培されますが、多くはドイツスズランです。日本スズランの釣り鐘状の花は幅が広く、花茎は低く、葉に隠れるように咲きます。香りも好まれ、君影草とも呼ばれます。

夏薊、夏蕨

歳時記には夏薊、夏蕨が立項してありますが、これは種名ではありません。アザミ属に到っては図鑑『日本の野生植物』（平凡社）ではノアザミ、ノハラアザミ、ヤマアザミなど五一種を上げています。従って、種類によって春から秋にかけて入れ替わり咲きます。通常は種を一々覚える必要はありませんし、見分けられません。夏に咲いているアザミが夏薊です。

ふれてみしあざみの花のやさしさよ　　星野　立子

一方ワラビは早春から入れ替わり立ち替わり葉を出してゆきます。夏に蕨の出ている草原に行くと、長けた葉影に一つ二つとまだ結んだ葉が出てきます。標高の高い草原なら、今を盛りということもあるでしょう。長けた葉ではなく、解けていない若葉、これが夏蕨です。

鳥啼いて谷静かなり夏蕨　　正岡　子規

アザミ

夏わらびここに眠りて日暮まで　　田中　裕明

余花《よか》

立夏を過ぎて咲き残っている桜です。まきばは標高の高いところにあるものも多く、余花に出会います。牧開きは五月に入ります。家族で牛を送ってきて、花見をして帰るということもあります。余花、桜を味到する日本人ならではの感性がここにはあるように思います。

余花明りして山中の一と平　　大野　林火

朴の花

普通、朴といいますがホオノキが和名です。高木になり、初夏にやや黄味の白い花を咲かせますが、高々として孤高を感じさせます。まきばのある奥山なら一層風情があります。

朴散華即ちしれぬ行方かな　　川端　茅舎

とありますが、朴は散りません。朴の花の一部始終を見届けた大野林火は、これは茅舎の心象風景で、朴散華は茅舎の一句に止めるべきだと言っています。『角川大歳時記』で茨木和生も「花は茶色になり、乾いてなくなる」と書いています。朴の葉は朴葉餅、朴葉味噌など食べものを包むのに用いられます。

朴咲くや雲より馬車の来るごとし　　大串　章

夏の木の花には白が多いようです。そういえばヤマボウシ、ミズキ、オオヤマレンゲなどが思い浮かぶでしょう。

レンゲツツジ（蓮華躑躅）

レンゲツツジは時として放棄された野草地を橙黄色に染めます。花は橙黄色から黄色の変異があり、園芸家は黄色を重用しています。美しい光景ですが、レンゲツツジにはアンドロメドトキシンやロドジャポニンなどの神経性の毒物成分が含まれていて牛馬が食べないために、残ったのです。子どもには躑躅の花弁を引き抜いて、蜜をなめる遊びがありますが、レンゲツツジに限っては危険です。レンゲツツジの蜜が入っていたために蜂蜜で中毒を起こした例があります。なお、毒があるのは日本産の躑躅ではレンゲツツジだけです。

牛放つ蓮華つつじの火の海へ　　青柳志解樹

オニグルミ（胡桃の花）

山野の流れに沿ってよく見られます。雌雄同株で雄花は房状にぶら下がり、雌花は新しい枝に直立します。五月に葉が出るとともに開花し、受精します。地味な花ですが、まきばでは沢沿いに列をなして生え、初夏を告げる花です。果実は五、六個鈴生りになり、育つに従ってぶら下がります。これが**青胡桃**です。なお、サワグルミはオニグルミのような実（堅果）をつけません。

青胡桃遠嶺は雲の湧くところ　　嶋﨑　茂子

放牧や採草が守る草々―レンゲツツジは放牧が作り出した景観ですが、放牧や採草という人為によって生き延びてきた草々は既にいくつかを上げたように沢山あります。いわば人の暮らしに寄り添ってきた草たちです。嘗ては河川の氾濫原のように偶然に現れる開放空間を利用してきましたが、人が自然に手を下すようになってからは、そこを場として適応していったのです。多くは大陸からやってきた遺存種です。

最近、自然草地の利用が嘗てのようには出来なくなりました。採草地は需要の後退や人手不足で火入れが出来ない、放牧地は牧草地が主流になり、自然草地の利用が放棄されているなどの理由で灌木や樹木が侵入し、これらの草本は生きにくくなってきました。

例えば、比較的身近なものを上げれば、オキナグサ、ヒゴタイ、フジバカマ、カワラナデシコ、キスミレ、センブリなどを上げることができます。

千振を引きて河内の日が真っ赤　山本　洋子

阿蘇の産山村では嘗ては草原に普通に見られたヒゴタイを村の花に指定して保護しています。大陸の遺存種で、キク科の多年草、瑠璃色の球状の花を咲かせます。『牧野植物図鑑』によれば、ヒゴタイは「本州（愛知県、岡山県）、四国、九州に隔離的に分布し」とあり、極めて貴重な種です。アザミに近いので、その傍題としていい句を詠みたいものです。

まきばの夏の動物たち

郭公・時鳥

まきばが五月に入ると郭公がよく鳴きます。南方から渡ってきて、繁殖を終えて八月から九月にかけて帰ってゆきます。郭公はまきばという開放空間の広さを改めて感じさせてくれます。そしてああ夏だと実感します。

郭公の遠さ水源林といふ　　大野　林火
郭公にこだま白樺に水鏡　　宮津　昭彦

同じカッコウ科の時鳥は郭公と同じように渡ってきますが、郭公よりやや小さく、どちらかというと森で鳴きます。「鳴いて血を吐く」というのは、鳴くときに喉が赤く見えるからです。

谺して山ほととぎすほしいまゝ　　杉田　久女

たんねんに馬を梳く父ほととぎす　　木附沢麦青

どちらも託卵して、自分では子を育てません。郭公はもっぱら鶯に、時鳥は頰白、大葭切などに托卵することが多いようです。何故托卵するかはよく分かっていません。成功率はそう高くないともいわれます。鶯がそう減っているようにも見えません。自然界には微妙な調節機能が働いているのでしょう。

夏鶯

その鶯です。留鳥または漂鳥と呼ばれます。冬は山を下りて越冬し、チッチッと地鳴きし、それを笹鳴きといいます。春になって囀り、これを初鳴きといい、生物季節として各地で初鳴き日を記録しています。夏になると山に移って透明感のある声で鳴きます。これが夏鶯です。

山道を行く老鶯に励まされ　　大串　章

小葭切

草原で出現頻度の高い鳥に小葭切がいます。夏鳥で南方から渡ってきます。小葭切に比べて大きい大葭切がもっぱら蘆原を好むのに対して小葭切は草原に進出します。シシウドなど高い草に止まって、細かい澄んだ声で鳴きます。葭切は行々子といわれます。ギョギョシという鳴き声からそう呼ばれるようになったのでしょう。

葭切のむかしごゑなる没日かな　　田中　裕明
行々子火を発すまで鳴きにけり　　正木ゆう子

夏の蝶と蛾

夏蝶といえば、普通、揚羽蝶が浮かびます。アゲハチョウ科に属するものを上げるとアゲハ、キアゲハ、クロアゲハ、カラスアゲハなどがあります。草原にもよく見られます。草原で出現頻度の高い蝶はモンキチョウ（紋黄蝶）、ベニシジミ（紅蜆）でしょうか。前者はクローバ類を食草に、後者は主にタデ科の植物を食草とします。モンキチョウは開くと四、五センチになります。一方ベニシジミは三センチほどですが、赤紅色で草原ではよく目立ちます。これらの蝶を含めて、夏蝶として詠んでいいでしょう。

黒揚羽霧のなかとぶ音すなり　鈴木　貞雄
牛と蝶牧に生れし仲間なる　山崎和賀流
白き蛾に生まれ一途に火を恋へり　櫛原希伊子

沢山の蛾もよく目にします。蛾は夜行性ですから、朝起きてみると牧舎の灯りの下に落ちていたりします。大きいもので、青白いオオミズアオ、茶色のヤママユガを上げることができます。

夏の蝶空に大波あるやうに　森賀　まり

ところで、蝶と蛾の違いはどこにあるでしょう。実は明確ではないのです。

蝶	蛾
色鮮やか	色は地味
体が細い	体が太い

昼飛ぶ
触角の先端が膨らむ
止まったとき翅を閉じる

夜行性
太さはそのまま
止まったとき翅を開く

これとて例外があるようです。

蝶、蛾の図鑑を見ると、日本の蝶として二六〇種、日本の蛾として三〇〇〇種を記載しています。これらは食草を異にして棲み分けています。例えば、キアゲハはニンジンなどのセリ科を食草とし、アゲハ、クロアゲハ、カラスアゲハは主としてミカン科のミカン、サンショウを食草としますが、種によって微妙な違いがあります。棲み分けは蝶や蛾たちの共存の智恵なのでしょう。それはまた、逞しさでもあります。

四　まきばの四季

―秋のまきば

秋のまきば（阿蘇）

ブラウンスイス種（栃木県　大笹牧場）

ヤマハギ（クサカンムリに秋と書いて萩、秋を代表する花）

草ロール（スコットランド）

秋のまきば
（北海道上士幌　ナイタイ牧場）

干し草

秋のまきば（北海道）

四　まきばの四季　―秋のまきば

草原や夜々に濃くなる天の川　臼田　亞浪
どれがどの花とも葛のからみやう　木附沢麦青
逆光の花芒より鹿踊《ししおどり》　〃

秋の牧場は空気が澄んで、空はいよいよ高く、眺望もきくようになります。夜空は星が美しくなります。夏には木陰にいることが多かった牛たちも四六時中草を食みます。草も冬に備えて栄養が濃くなります。牛自体も厳しい冬を迎える準備に、皮下脂肪を蓄積し始めます。牛たちを悩ませた虻や刺し蝿も次第に減ってきます。仔牛たちはひとまわりも二まわりも大きくなります。種付けを終わった牛は、お腹を大きくして里から迎えに来るのを待ちます。牛たちにとっても文字通り「天高く馬肥ゆる」季節です。

秋のまきば　長門牧場　長野

まきばでは貯蔵飼料の牧草の二番刈り、三番刈りが始まり、里ではトウモロコシが刈り取られ、サイロに詰め込まれます。

牛たちが牧を降りる頃には周囲の山々は紅葉を始めます。

牛肥える

牛の一日の行動

放牧した牛が一日どんな行動をしたか、一例を挙げておきましょう。放牧地の状況、気象、季節などで変わりますが、一つの目安として書いておきます（九州大学、武藤軍一郎他）。五月のデータを見てゆきます。食べている時間は朝夕併せて六・四時間で夕方が多くなっています。横臥したり立ったりしての反芻時間は一一・九時間です。また、横臥したり立ったりしての休息時間は三・五時間、他に移動が一・四時間ほどあります。

牛の声霧を呼ぶとも拒むとも　大串　章

大まかに言えば、採食に一日の三〇%ほど、反芻に五〇%、休息に一五%ほどということになります。反芻に多くの時間を使っていることが分かります。なお、この調査では牛は一ヘクタールの牧草地を一日に一・五キロほど歩いています。

採食

牛の視覚

私たちが牧場で牧柵に近づくと仔牛は興味津々寄ってくることがあります。私たちは牛にどう見られているのでしょうか。

花を見ぬ牛と花見をしてをりぬ　　鈴木　牛後
風花や牛の眼の底なしに　　小菅　白藤

人の顔は平面に目が二つ並んでいますが、牛の貌は突出し、目は外側にそれぞれありま す。従って両眼視できる角度は狭いか殆どありません。しかし、左右はそれぞれ広い視野を持つことが出来ます。いち早く天敵の接近を感づくのに好都合です。

視力はそう高くないようですが、ものの形や人の顔の違いは見分けていると考えられています。色については青は識別出来るものの赤と緑の違いは分かっていないようです。どんな世界か牛の気持ちになって想像してみて下さい。

いくら食べて、どれだけ太るか

馬、緬羊、山羊は草を噛みきって口に運びますが、牛は舌で巻き込んでちぎります。そこで一日の採食量ですが、概ね生草で牛の体重の一三から一五％と見込まれます。放牧を始めるのは六、七ヶ月齢、牛の体重二〇〇キログラムとすると一日の採食量は二六キログラムから三〇キログラムということになります。搾乳牛は体重五、六〇〇キロになりますから、ざっと見積もっても七、八〇キログラム食べることになります。放牧中どれだけ大きくなるかは一日〇・六キロ辺りが標準と考えられています。

新緑へ続くや牛の第一胃　　鈴木　牛後

春動くるるろるるろると牛の舌　　〃

六、七ヶ月齢の体重二〇〇キロの育成牛（仔牛）を放牧し、秋まで五ヶ月、一五〇日放牧すれば、三〇〇キロ近くになって牧を下りることになります。

なお、仔牛は一五ヶ月齢あたりで種付けし、二四ヶ月齢で分娩します。

反芻のこと

如何に牛が反芻に時間を費やしているかが分かりました。

哺乳類は繊維を分解する消化酵素を持っていません。そこで、胃に原虫や細菌を飼って、その助けを借りて繊維を分解します。それが偶蹄目の牛たちです。四つの胃を持っていて、その第一胃は大きく、ここが消化の中心的役割を果たします。牛は取り込んだ食物を吐き出してよく嚙み、消化のための環境を整えるのです。

反芻のことを「嚙み返し」、「にれかめる」などとも使います。

にれかめる牛に春日のとどまれり　鈴木　牛後

にれかめる牛を離れず月の宴　太田　土男

横臥・反芻

どれだけ乳が出るか

乳牛はいつでも乳を出すと思っている人がいるようです。乳牛といえども、仔牛を産まなければ乳を出しません。従って計画的に毎年産ませてゆきます。分娩後、発情が来れば、人工授精します。従って搾乳されながら、妊娠し、仔牛がお腹の中で育っていることになります。

現在分娩間隔は概ね一四ヶ月です。この内分娩前二ヶ月は搾乳しません。従って搾乳の期間は分娩後約一二ヶ月になります。その間の乳量は最近では九〇〇〇キロになっています。平成の初めは六〇〇〇キロでしたから急速に高まっています。一日の乳量にすると二四リットル、一リットルの牛乳パックにして二四個分になります。

雪晴れの牛の乳房の満のとき　友岡　子郷
牛は今乳しぼらるる牧の秋　阿部みどり女

牛の改良、飼養技術の進歩などによって成し遂げられたものです。しかし、沢山の牛乳を搾るためには、野草や牧草だけでは足りません。栄養価の濃い輸入したトウモロコシやマイロなどいわゆる濃厚飼料といわれるものを多量に与える必要があります。そこに問題が残ります。

ススキの散在する放牧地

干し草（乾草）・サイレージ

俳句歳時記では干し草を夏とし、サイレージは季語に上げていません。これらは夏から秋を通して行われる作業です。

牧草は刈り取ると再生してくるので、採草は年に二、三回行います。刈った牧草は、機械で反転をくり返し、天気が続けば乾草を作ることも出来ますが、この頃は半乾燥状態でロールに巻いて、ビニールフィルムでラッピングして牧草ロール（草ロール）として貯蔵することが多いようです。

乾草の香をまとひゐて妊れる　　中台　泰史

また、刈った牧草は生草のまま刻んでサイレージとしてサイロに貯蔵することもあります。嘗ては塔型のサイロが主流でしたが、この頃は詰め込み、取り出しの労力の削減に配慮してスタックサイロ（野積み）あるいはバンカーサイロという方法が多いようです。サイレージは空気を遮断して乳酸発酵を促し、長期間貯蔵する方法です。いわば漬物の原理です。

里では秋が深まると牛が山から下りてくるのでその準備に慌ただしくなります。越冬のための飼料の準備も必要です。その一つが飼料用トウモロコシの収穫です。機械刈りして細断して、サイロに詰め込みます。これらのサイロは材料をトラクターで乗り上げてよく踏み込んで、後にビニールフィルムで被います。

バンカーサイロ

草ロール

飼料用トウモロコシと食用トウモロコシ

唐黍の雄花ひろげし月の夜　　斎藤　夏風

青刈りする飼料用トウモロコシは実が熟しはじめた頃に収穫し、茎葉と実を丸ごと刻んでサイロに詰めます。ところで飼料用と食用の違いです。畑で見ると一見同じように見えますが、違いがすぐに分かります。飼料用のトウモロコシの葉は突き上げるような形で万歳をしています。一方食用のトウモロコシは、葉を横に広げています。その差ですぐに見分けがつきます。万歳型の方が下の葉まで光が通り、面積あたりの葉面積が広くなるのです。飼料用トウモロコシでは茎葉を含め沢山採ることが大事です。一方食用では美味しさが大切です。こういう育種の目的の差が違いを作ったのです。

飼料用トウモロコシ

茶草場のこと

ここでちょっと違った草地のことを書いておきましょう。これもれっきとした草地で国際連合食糧農業機構（ＦＡＯ）の定める世界農業遺産に指定されているのです。

次のものはその一例ですが、二〇二三年現在、日本には一五の世界農業遺産があります。

トキと共生する佐渡の里山

能登の里山と里海

阿蘇の草原の維持と持続的農業

静岡の茶草場農法

クヌギ林とため池がつなぐ国東半島・宇佐の農業水産循環

遺産といってもいまもその農業の伝統が生き生きと営まれていることが指定の条件です。

茶草場がこの世界遺産に認定されたのは平成二十五年、地域は掛川市、菊川市、島田市、牧之原市、川根本町の四市一町です。

茶草場とは茶園の畝間に草を敷く、そのための草刈り場のことです。草を敷くことで、いい茶が育つとして古くから営まれてきました。例えば、掛川市東山地区では、茶草場が、一一一ヘクタールあり、この面積は茶畑の六五％にもなっています。いかに茶草場が大事にされたかが分かります。ススキを主体とする草原ですが、キキョウ、ノウルシ、カワラナデシコ、ツリガネニンジン、オカトラノオ、ササユリなどが生えていました。生物多様性を維持し、守る上で大切な草原です。（農環研ニュースNO89、二〇一〇）

阿蘇の草原

ここも世界農業遺産の一つです。九万年前に噴火し、陥没したカルデラの中央に火口丘群が出来て、今も火山活動が続いています。草原は中央火口丘群の山麓とカルデラを作っている外輪山の山麓に分布しています。

阿蘇の草原は一三〇〇年前から継続していることが分かっています。あるところはススキの草原が広がり、春には火入れがなされ、あるところは放牧されあか牛（褐《かっ》毛《もう》和種）がのんびりと草を食んでいます。またあるところは秋にはススキが刈り取られます。嘗ては泊まり込みで行われました。それが草泊りです。宮崎民謡ですが「刈干切り唄」の「ここの山の刈干やすんだよ／明日は田んぼでエー稲刈ろかよ」と唄われています。

阿蘇の草千里ヶ浜

星のことよく知る人と草泊り　　太田　土男

くれなゐの星を真近に草泊り　　野見山朱鳥

こうして長く草原として維持されてきたために、貴重な植物たちが残ってきました。キスミレ、マツモトセンノウ（ツクシマツモト）、ハナシノブ、ケルリソウ、ツクシフウロウ、ヒゴシオン、ヒゴタイ、ヤツヒロソウなどを上げておきます。昆虫では蝶が豊富で、ヒメシロチョウ、オオルリシジミなどの草原性の蝶を主として百種以上が確認されています。また鳥類では、ホウジロ、ホオアカ等の草原性の鳥類を主として、熊本県内に生息する三〇〇種の半数近くがこの地に生息しているとされています。

草原がいかに生物の多様性に大切な役割を果たしているかが分かります。

阿蘇、赤牛の放牧

まきばの秋の花々

先ずは秋の七草を上げなければならないでしょう。少し重複することもありますが、おさらいの意味も含めて紹介してゆきます。いうまでもなく秋の七草は山上憶良の、

萩の花尾花葛花なでしこの花女郎花また藤袴朝貌の花

によります。

ハギ（萩）

ハギは古くから日本人に親しまれたようです。花を愛で、牛馬の飼料として実用にも供されたのです。万葉集にはハギは百四十一首詠まれているそうです。草冠に秋と書き、秋を代表する花といっていいでしょう。

風やんであたりに萩のふえてあり　田中　裕明

ヤマハギ

萩の野は集まってゆき山となる　藤後　左右

手に負へぬ萩の乱れとなりしかな　安住　敦

私が最初に赴任した岩手の試験場には家畜の飼料として重用されていたため沢山のハギが見本として植えられていました。例えばヤマハギ、ミヤギノハギ、マルバハギ、シラハギといったものでした。後にヤマハギの自生系統を山野から集めて特性を調べたこともあります。地域によって特性が違い、特に開花期は北海道のものは八月二十日に開花し、九州のものは、十月十五日にならないと花が咲きませんでした。

東北のススキ草地に行くと、かなりの頻度でハギが混ざっていました。牛馬の飼料として蛋白質の量が多いので大切にされたのです。この地では花の過ぎた九月下旬に晴天の日を選んで萩刈りが行われ、三日ほど刈り干しします。

萩芒みんな素顔の山の鳥　正木ゆう子

馬のいない南部曲り家にゆくと、しばしばハギを見ることがあります。美しさの背後にある暮らしとの結びつきまでも思いを巡らしてしまいます。

ススキ（芒）

ハギがマメ科の代表なら、ススキはイネ科の代表です。採草する草原といえば優占種はススキです。ススキ草地といわれる所以です。季語としては青芒（夏）、芒（秋）、枯芒（冬）と詠まれています。青野（夏）といえば噎せ返るようなススキ草地が眼前に広がるでしょう。

をりとりてはらりとおもきすゝきかな　飯田　蛇笏
凡《おおよそ》のまんなかをゆく芒原　正木ゆう子
芒野を出でて思ひのふとりけり　今瀬　剛一

ススキといえばお月見には欠かせません。中秋の名月は旧暦の八月十五日、新暦では令和五年は九月二十九日になります。ススキの開花日を調べた調査があります。それによると盛岡では七月上旬、関東では八月下旬、九州では九月下旬になります。南の方では、丁度出穂の頃に名月が来ることになります。

ススキ

秋に花を咲かせる花はどれもそうですが、北から花が咲いてゆきます。桜前線と逆になります。早く花を咲かせないと間もなく寒さがやってきて、種子を実らせるところまで行きつかないことになります。長い年月かけてその土地に適応していった結果なのです。ススキの穂は白から赤味がかったものまで変異があります。夕日に反射して、ススキ草原ならではの景観を呈します。ススキは根茎で増えてゆきますが、穂架を持った種子を結び、風で散布されます。

ばんざいのかたち芒の中をゆく　岸本マチ子

ふと沖縄「白旗の少女」、比嘉富子に重なります。

ススキは牛馬の飼料になりますが、他にも沢山の用途があります。例えば藁葺き屋根の茅（カヤ）です。嘗ては集落などで葺き替え（春）のためのカヤ場を持っていましたが、藁葺き屋根が減り、集落の結束も緩んでカヤ場が維持出来なくなっています。富山県の五箇山の合掌部落の場合、全面葺き替えをするとなると一戸、二、三ヘクタールのカヤ場が必要といいます。嘗ては殆どの家が茅葺きでした。如何に広大な

茅葺き（福島）

カヤ場が必要だったかが想像されます。

クズ（葛）

クズは山野に生えるマメ科の蔓を持った多年草です。逞しく山野を覆っているのをよく見かけます。クズの茎の基部は木化し、根は肥大して葛粉の原料になります。草原に生えるとやや厄介ものですが、マメ科ですから蛋白質含量が高く、岩手などではヒクサ（干草）にクズが入っていることを良しとしました。秋に総状に紫赤色の花を葉隠れにつけます。この美しさが古来好まれたのでしょう。

月光のごつと当りぬ葛の花　　田中　裕明

どこにでも絡みつき草木を覆ってしまいます。時に憎らしいほどです。蔓というのはこ

クズの花

の植物の一つの智慧なのです。本来、光を競って、草木は上へ上へと延びようとします。そのためには組織を木化して強くする必要があります。しかし、蔓植物はその手間を省いて、他のものを支えにして延びようとするのです。狡いといえば狡いし、逞しさといえば逞しさです。藤が杉にしがみついて、雪崩れるように咲くのは美しいですが、やがて杉を枯らしてしまいます。

カワラナデシコ（河原撫子）、**オミナエシ**（女郎花）、**フジバカマ**（藤袴）、**キキョウ**（桔梗）

何れもススキ草地に随伴して暮らしていることの多い植物たちです。盆花、盆花摘み（秋）という季語があり、盆花にはその地方の馴染みの花が用いられます。いずれにしてもこれらの花が摘まれることが多いようです。暮らしに入り込んでいた花々たちです。しかし、これらは既に希少種に

オミナエシ

なったり、絶滅が危惧されています。

大阿蘇や撫子なべて傾ぎ咲く　岡井省二
雲はいまうすぎぬの季をみなへし　藤田湘子
すがれゆく色を色とし藤袴　稲畑汀子
桔梗や山風の澄み遠くより　木附沢麦青
桔梗一輪馬の匂ひの風動く　飯田龍太

フジバカマ

野菊

野菊は総称で、種名としてノコンギク、シラヤマギク、ユウガギク、ヨメナを上げておきます。これらは光を好み、草原の中というより、周辺に生えることが多いように見えます。ノコンギクは名のように紺が濃く、花は頂部に集まって咲く特徴があり、これぞ野菊という感じがします。一方ユウガギクは、枝を広げて淡い紺色の花をまばらにつけます。シラヤマギクは真っ白で咲くと宙に浮いたように見えます。伊藤左千夫の『野菊の墓』は、ヨメナでしょう。

刈りおかる秣のなかの野菊かな　鈴木　貞雄

野菊群れ月と交信してゐたる　山本三樹夫

草原に食べ残されて野菊咲く　太田　土男

ノコンギク　野紺菊

ユウガギク

花野

秋草の咲く草原の総称です。緯度、標高によって種類は多様です。既に上げた花々の他にマツムシソウ、ヒヨドリバナ、ワレモコウ、リンドウ、ツリガネニンジンなどを上げておきましょう。中にはトリカブトのような毒草も混ざります。

鞍とれて花野の馬となりゆけり　久保田哲子
一眠りしても花野でありにけり　太田　土男
花野ゆく見知らぬ国を行くごとく　大串　章
明るうて花野をふかく入りしかな　山口都茂女
ばらばらにゐてみんなゐる大花野　中西　夕紀

花野

春から夏へ、夏から秋へ、植物相は変わって来ました。これらの花々はあるときは競争し、時に棲み分けしてここまでたどり着き、花時を迎えたのです。綺麗で可憐ですが、それだけではありません。受精のための営みが繰り広げられています。よく見ると、蜂や花虻や蝶が訪れています。蜜という報酬を与えて、花粉の媒介をして貰っているのです。蜜蜂の脚には毛が生えていて、そこに花粉を一杯つけています。花粉籠（ポーレンバスケット）といいます。花を訪れる度にくっつき、落としてゆきます。こうして授粉の仲立ちをしているのです。ヨモギのような風媒花は静かに花粉を飛ばし、あたりに振りまくことで雌花に花粉を届けています。こんな植物たちの一生の一部始終に思いやって花野を眺めたいものです。

マツムシソウ

種子の散布

花が咲いて終わりではありません。最後の仕上げがあります。種子を結んで、その種子をできるだけ遠くに運んで次世代を確実に残し、分布を広げることです。

草の絮、草虱という季語があります。これらの季語は種子の散布の一部を示しています。草の絮は種子の散布を風に委ねます。草虱は種子の散布を動物や人について運んで貰います。これを種子の散布器官型といいます。分類して、一例を挙げると、

風散布—タンポポ、ヤナギ（柳絮飛ぶ）、カエデ、ススキ、チングルマ
水散布—スゲ属、コウホネ属、椰子の実
動物（人）**散布**—イノコズチ、ヤブジラミ、ヌスビトハギ、ヤドリギ、オナモミ
自発散布（爆ぜる）—ホウセンカ、ゲンノショウコ、スミレ、マメ科
重力散布—ドングリ

ヤドリギは鳥に食べて貰って、未消化の種子は糞として排出されて木にくっ付きます。

宿木をあづかつてゐる冬木かな　　片山由美子

こんな繁殖戦略を持っている植物もあるのです。

ゐのこづち淋しきときは歩くなり　西嶋あさ子
みちのくのいづこで付きし草じらみ　大峯あきら
草の絮ぐんぐん海が晴れてゆく　甲斐　遊糸
ふるさとのつきて離れぬ草じらみ　富安　風生

斯くして散布された種子は、多くの場合、休眠してすぐに発芽するわけではありません。秋に落ちた一年生の草本の種子は、一度冬の低温を経験してから発芽するように仕組まれています。小春日和に浮かれ出ることがないようになっているのです。多くの種子は一斉に発芽することもありません。これが野生のものの特徴であり、強かさです。こうして土壌には危険分散のために沢山の種子が温存されています。これを埋土《まいど》種子といいます。それ故に草は採っても採ってもきりなく出てきます。

茸のこと

草原は茸の宝庫です。といっても松茸などではなく、ナラタケ（楢茸）などの雑茸です。森に入るとクリタケ（栗茸）も見つかります。前者は土地ではツバといいます。柄に刀の鍔のようなものがあるからです。後者を赤んぼうといいます。傘の褐色が赤味を帯びているからです。これが材料になって芋煮会が始まります。茸は焼いても食べます。牧場の秋の恒例の行事です。

どの山のどの襞も見え茸どき　　大畑　善昭
火のはぜて顔の遠のく茸汁　　小林　輝子
芋煮会ふるさとの山誇りあふ　　八牧美喜子

山で放牧の試験をしていることがありました。そこは水がなく、給水場を作って、週に一度湧水を運んで給水していました。その近くに大きな枯木が立っていて、秋になるとムキタケが生えました。ツキヨダケに似ていますが、白っぽいので間違えることはありません。行く度に、下から豚肉や野菜、味噌を買って茸汁を作る楽しみがありました。

牧夫たちは、茸採り名人がいて、秋には茸談義が絶えません。これも牧場の楽しみの一つです。

茸

まきばの秋の動物たち

鳴く虫

歳時記には鳴く虫に関わる沢山の季語が並んでいます。先ず季語で虫といえば鳴く虫の総称です。地虫鳴く、螻蛄鳴くという季語がありますが、更には蚯蚓鳴くという季語まであります。日本人の虫を愛でる感性は蚯蚓まで鳴かしてしまったのです。

地虫鳴くあたりへこごみあるきする　中村草田男
螻蛄鳴くや時間といふは待つたなし　甲斐　遊糸

コオロギ（蟋蟀）、スズムシ（鈴虫）、マツムシ（松虫）、アオマツムシ（青松虫）、カンタン（邯鄲）、クサヒバリ（草雲雀）、カネタタキ（鉦叩）、キリギリス（螽蟖）、ウマオイ（馬追）、クツワムシ（轡虫）などが鳴く虫として季語に上げられています。

牛臥して鼻の先まで虫の闇　鈴木　牛後

虫の夜の星空に浮く地球かな　　大峯あきら

まきばに泊まったことが何度かあります。夜は虫の音で包まれます。夜の闇が鳴動するかのように聞いたことがあります。昼はキリギリスがよく鳴きます。コオロギやスズムシ程度しか聞き分けられませんが、それでも酔いしれます。時折、カンタンの澄んだ声も聞こえてきます。

まっくらな那須野ヶ原の鉦叩　　黒田　杏子
裾野包み邯鄲包み霧月夜　　町田しげき
いづこへとなく草の道草ひばり　　友岡　子郷
きりぎりす夕日は金の輪を累《かさ》ね　　〃

蝶のこと——共進化

草原の蝶ベニシジミは春から夏、そして秋へと発生を繋いでゆきます。季節型があって、春型の橙赤色、夏型の黒褐色、

キアゲハ

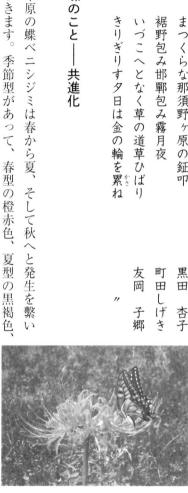

秋になると橙赤色に戻ります。食草はタデ科のエゾノギシギシやヒメスイバです。

毒をもて毒を制すや秋澄めり　　　　野乃かさね
共食ひの果て風に散る虫の翅　　　　〃

ここで蝶、ジャコウアゲハの逞しい生態について触れておきましょう。食草はウマノスズクサです。

一般に植物たちは進化の中で食害に会わないために毒性分を産生します。一方虫たちは解毒機能を進化させて、食べてしまいます。中には取り込んだ毒性分を積極的に活用して鳥などの天敵から身を守るものもいます。更には自分では毒性分を持っていないのに、持っているふりをしてある種の蝶に似せることで身を守るものまでいます。

そこでジャコウアゲハです。食草ウマノスズクサはある種の毒性分を持っています。ジャコウアゲハはそれを食べることで天敵の鳥の食害を避けています。葉を食べるのは幼虫時代です。それを蛹、成虫（蝶）へと受け継いでゆきます。天敵の鳥は一度食べて学習すると二度と襲うことはないといいます。さらなる不思議は、アゲハモドキという蛾です。ジャコウアゲハに自らを似せることで天敵の食害を避けているフシがあるということです。

あるものが変わると、関わるものも変わる。これを共進化といいます。草原の中でこんな生きるためのドラマが繰り広げられているのです。自然の尽きない不思議がここにはあります、自然には驚きの世界がいっぱいです。

バッタのこと

とりあへずとんで殿様ばつたなり　片山由美子
はたはたのとぶ音さがす虚空かな　今瀬　剛一

バッタ目とよばれる仲間にはキリギリスやコオロギ、そして色々なバッタが含まれます。日本では田んぼでの蝗などの被害はありますが、バッタの大きな被害があったということを聞きません。しかし、世界的に見ると、大きな問題になっています。

〈バッタ猛襲「生きていけない」─数千億匹　消えた牧草　飢える家畜〉という記事が新聞の一面に載ったことがあります（朝日新聞二〇二〇年九月六日付朝刊）。ケニア北西部のサバクトビバッタの惨憺たる被害の現場に立って、その凄まじさを伝えています。牧草は食べ尽くされ、家畜は乳が出なくなり、餓死し、一部殺虫剤が散布されたところはバッタの死骸の異臭が漂っていたと伝えています。サバクトビバッタの被害はケニアに留まらず、エチオピア、ソマリア、イエメン、パキスタン、インドにも発生しているといいます。『バッタを倒しにアフリカへ』（前野ウルド浩太郎、光文社）はサバクトビバッタを追跡し、出会ったときの凄まじさを次のように伝えています。

「大群が進路を変え、低空飛行で真正面から我々に向かって飛んで来た。大群の渦の中に車もろとも巻き込まれる。翅音は悲鳴のように重苦しく大地を震わせ、耳元を不気味な轟音がかすめていく」

日本でのバッタの被害を知らないと書きましたが、アワヨトウの幼虫が、種子を播いて初年目の草地を食い尽くしてしまったという現場に立ったことがあります。急激な環境の改変が異常発生を招いたのかも知れません。

啄木鳥

アカゲラ、アオゲラ、コゲラなどの総称です。幹を叩いて樹皮の内側にいる虫を捉えます。まきばの周辺の森にいてよく響きます。北海道や東北の森にはクマゲラがいます。

啄木鳥や落葉をいそぐ牧の木々　水原秋櫻子
雲一つなし啄木鳥に弾みつく　太田　土男

一秒間に二〇回以上叩きます。脳震盪も起こさず、それが可能なのは、頭のまわりの筋肉が発達しそこで衝撃を吸収しているからだといいます。
啄木鳥が穴をあけた穴は小さな動物たちのアパートです。リス、ムササビ、モモンガ、フクロウなどの鳥の巣として利用されます。

終牧（牧閉す）

秋も深まると、牛たちを山から里へ下ろします。里に放牧地があれば、春の内から放牧出来ますが、山の牧場の放牧開始、牧開きは五月に入ってからです。つまり夏から秋にかけて山にいて、冬を前に里に帰るのです。これを夏山冬里といいます。いつ終牧、牧を閉ざすかは、当然北と南では違いますが、十月を前後した頃になります。乳牛の育成牛（仔牛）は大きくなりました。入牧時二〇〇キロの仔牛なら、三〇〇キロぐらいに仕上がって帰れば上々でしょう。山で種付けされてお腹を大きくして帰る牛もいます。牛飼に迎えに来て貰ってにぎやかに帰ってゆきます。

牧閉づるや手触れんばかりに八ヶ岳　篠田悌二郎
安達太良とその空残し牧閉す　柏原　眠雨
閉牧や馬滅びゆき牛殖ゆる　宮　慶一郎

牧開き以来、牛守（牧夫）は牛の世話を色々してきました。毎日見廻って、牛の健康状態をチェックします。今では牛はタグをつけて、器機の利用などもあって健康管理は行き届くようになりましたが、経験がものをいうところも多いようです。

ある時、五〇頭ほどのあか牛（日本短角種）の群れを管理している牛守に牛の貌が分かりますかとつまらない質問をしてしまったことがあります。皆同じ貌をして私には一向に見分けがつきません。戻ってきた言葉に驚きました。曰く「学校の先生は一人一人顔を知っているでしょう、それと同じだよ」、継ぐ言葉がありませんでした。

牛の糶

家畜市場に農家が牛を持ち込み、登録されている家畜商が買い手です。例えば肉用牛の仔牛は、搬入時に耳標を確認し、体重を測定されます。糶《せり》に入ると品種、性別、生年月日も表示されます。買い手は予め係留してある仔牛を下見しておきます。いよいよ糶場に仔牛がひかれて登場です。一頭にかかる時間は数十秒です。

売られゆく牛に花野の狐雨　山崎和賀流
牛市の寒さ封じのおでん酒　昆　ふさ子
牛の糶雪蹴散らして始まれり　大高　松竹

牛の糶

岩手の日本短角種は、季節繁殖が行われていて、春に仔牛が生まれます。従って嘗ては秋に村々を廻って糶が行われました。糶には、農具、日用品、そしてたべものの屋台が立ち、賑わいました。今では一カ所の家畜市場に集められて糶が行われるようになりました。

五　まきばの四季
―冬のまきば

阿蘇の冬期放牧（褐毛和種＝アカ牛）

冬のまきば（浅間山麗）

雪晴や牛揉み合つて牧に出る　土男

舎飼

阿蘇から里に降りたアカ牛

農場民宿（帯広）

五　まきばの四季　―冬のまきば

牧を閉ざすと一気に牧場は淋しくなります。

山の牧場によっては一部の牛を預かるところもあります。乾草やサイレージを与えてひと冬を過ごします。

牧下りる牛越冬の牛に啼く　　太田　土男
サイロ開けば甘酸し雪の方一里　　〃

牛と牛の別れです。そして北の山の牧場ではやがて雪、雪原に甘酸っぱいサイレージのかおりが広がります。牛守たちは牛との山の暮らしが始まります。

一方、里に帰った牛たちは牛舎での暮らしが始まります。

草たちの越冬

草々の呼びかはしつつ枯れてゆく　　　相生垣瓜人

多年生の草たちは秋に入り日が短くなり、温度が下がり始めると地下部に養分を回収し、地上部を枯らします。越年生の草たちは、地に張りついて（ロゼット）細胞内の濃度を濃くして越冬の準備に入ります。北に育つ草ほどこの反応は早くなります。

実をつけてかなしきほどの小草かな　　　高濵　虚子

一方、一年生の草たちは種子を残して枯れることで越冬する生き方を選んだ草たちです。世代の回転は速くなります。生殖の機会が毎年あるわけですから、変わりやすい環境に適応するという意味では有利かも知れません。季語としては末枯（秋）、草枯る（冬）があります。

こうして草たちはそれぞれの方法でじっと春を待ちます。

牛たちの里での暮らし

搾乳牛について見てみましょう。牛舎では一頭ずつ決まった枠に分かれて休息しています。時に定席を間違えて諍いがありますが、すぐに折り合いがついて納まります。普通搾乳は朝夕二度あり、これも覚えていて頃合いを見て搾乳場に集まってきます。食事は乾草、サイレージなど（粗飼料）とトウモロコシの穀実など（濃厚飼料）をまぜて食べさせます。最近では、牛の給食センターから調製した飼料を運んで貰ったり、搾乳ロボットを取り入れたりしているところもあります。

堅雪を踏みきし弾み牛小屋へ　村上しゆら
根雪きて牛の反芻そろひけり　小菅　白藤
牛小屋に空き部屋一つ初茜　中田　尚子

搾乳前の若い牛や肉牛は相部屋という感じで過ごします。肉牛で子取り用の繁殖牛は一頭ずつ部屋が与えられることが多いようです。

最近、家畜福祉（アニマルウェルフェア）ということが重視されてきました。家畜といえども飼養しているときは快適な環境で飼養されるべきだという考え方です。このことは研究にも敷衍され、苦痛を与えるような方法での試験を制限しています。

舎飼

ふれあい牧場のこと

牧場という開放的な空間にのんびり牛が草を食んでいます。雨の多い日本では自然のままは森林です。その自然に人手が加わって出来た二次的自然が牧場、草地です。もう一つの二次的自然は里山（ヤマ、ムラ、ノラ）ですが、大きく広がった牧場の開放感は里山にはないものです。

日本人の肉や牛乳とその製品の需要が高まって昭和三十五年頃から畜産振興がいわれ牧草地の開発も盛んに行われるようになりました。こうした中で牧場は直接に畜産に関わる人だけでなく、都市住民にとっても牧場を眺め、家畜とふれあい、ゆっくり安らぐアメニティ機能の資源としても価値あるものと評価されるように

ふれあい牧場（北海道弟子屈）

なってきました。斯くして牧場側も門戸をひらき、訪問者を迎え入れるための施設や行事を企画するようになってきました。

例えばふれあい牧場協議会という組織があり、二一牧場ほどが加入しています。私が行ったことのある牧場のいくつかを上げると、

標茶育成牧場（北海道標茶町）
くずまき高原牧場（岩手県葛巻町）
大笹牧場（栃木県宇都宮市）
神津牧場（群馬県下仁田町）
八ヶ岳牧場（山梨県北杜市）
碇育成牧場（京都府丹後市）
六甲山牧場（兵庫県神戸市）
まきばの館（岡山県美咲町）
大山《だいせん》まきばみるくの里（鳥取県伯耆町）
四国カルスト姫鶴牧場（愛媛県高原町）

ふれあい（長門牧場）

もーもーらんど油山牧場（福岡県福岡市）
らくのうマザーズ阿蘇ミルク牧場（熊本県西原村）
高千穂牧場（宮崎県都城市）

などがあります。ここでは牧場まつりというイベントをしたり、レストランや売店で畜産製品を食べたり買ったりでき、牧場体験や家畜とのふれあいができたりします。期間限定で宿泊出来るところ（くずまき高原牧場）もあります。

牧場は主として防疫上の理由から訪問者を制限しているところもありますが、他にもマザー牧場（千葉県）、富士山高原いでぼく（静岡）、長門牧場（長野県）などふれあいを大事にしている牧場は各所にあります。まきばを吟行するならこうしたところを選ぶといいでしょう。

草の絮おとぎの国へ飛んでゆく　大串　章
秋の牧場の木影伝ひに女の子　飯田　龍太

放牧地は土が草を生産し、それを家畜が食べて、牛は糞尿

イギリスのB&B

を落とし、それを土壌動物や微生物が分解し、こうして土―草―牛の物質循環がリアルに行われている場所です。ここには既に上げたような動物や植物たちが関わり合いを持ちながらダイナミックに暮らしています。まきばに膝を折って、時に寝ころんで生きものたちの営みを、声を聞き取ってほしいと思います。そして自然の凄さ、素晴らしさを感じ取って欲しいと思います。

ふれあい（小岩井牧場）

ふれあい（八ヶ岳牧場）

牛飼の今 ――三つのトピック

酪農の危機

牛飼、特に酪農はCOVID19（コロナ禍）とウクライナへのロシア侵攻という背景による飼料の高騰や需要の減少、更には肉用になる雄仔牛の価格の低迷もあって厳しい状況にあります。二〇二二年までの三年間で酪農家数は五〇〇戸ほど減りましたが、飼養頭数は規模の拡大でカバーしてきました。しかし、二〇二二年から一年間で八一七戸が離農したといいます。都府県の離農が多いようです。北海道に比べて都府県は自前の飼料基盤が脆弱なことも関係して飼料代の高騰が重くのし掛かっているのです。

地の涯に倖せありと来しが雪　　細谷　源二

地球温暖化と牛

牛は反芻動物で四つの胃を持っています。この内の第一胃をルーメンと言います。胃全体の八割を占める大きさです。ここには沢山の微生物などがいて、その力を借りて食べた繊維を消化しやすいようにしています。何度も噛み返し、時間を掛けて消化します。その過程でゲップが出てメタンを排出するのです。メタンは二酸化炭素CO_2の二五倍程度の温室効果があるといわれます。六〇〇キロの成牛で一日一頭五〇〇リットルほどに及びます。また、家畜からのメタンの排出量は全世界で放出される温室効果ガスの四％にもなるといいます。さらに、糞尿からは亜酸化窒素（N_2O）が発生します（農研機構二〇二二年）。これらのガスの家畜からの排出量を如何に低くすることが出来るか、その対策が模索されています。

団栗を拾ひ温暖化のはなし　　太田　土男

被曝牛

二〇一一年三月十一日、東日本大震災は福島の原子力発電所の事故を誘発し、人々は避難を余儀なくされ、牛は残されました。繋がれた牛は餓死し、放たれた牛は野生化しました。国は残された牛を殺処分することを求め、多くの牛が処分されました。肉としても牛乳としても経済価値を失った牛を殺すに忍びず、飼育される牛もありました。長編ドキュメンタリー映画「被曝牛の生きる道」に記録されて残りました。この事実は、若干の俳人によっても詠まれました。震災文学の一角をなすものです。

ぬるぬるでつやつや被曝牛の糞　高野ムツオ
霜柱牛にもとより墓場なし　〃
被曝牛被曝の泥に踏ん張れる　〃
牛の骨雪より白し雪の中　永瀬　十悟
捨て牛に水やる人よ青嵐　〃
放逐の枯野さまよふ牛馬かな　大石　悦子

地震直後の朝日新聞の記事（二〇一一年五月十六日付）は伝えます。「〈おまえたちは何も悪くないのにね……〉。高橋日出代さんは牛舎で乳牛をそっと撫でました」。こうして処分される牛を涙をこらえて見送ったのです。

害獣のことなど

自然の中では動物たちの食う、食われるの複雑な関係が築かれています．これを食物連鎖といいます。草食性の動物たちも、この中に組み込まれています。

こうした中で農業の営みは続けられ、如何に獣害を回避するか、鹿火屋・鹿火屋守、猪垣・鹿垣、焼帛など関連する季語が立項されています。

食物連鎖はある種の動物が異常に増えない調節機能ともいえます。その動物の生存は餌動物の量に委ねられているからです。

食物連鎖危ふしと言ひ薬喰　　永瀬　十悟

狼のこと

嘗ては食物連鎖の頂点にいたのはニホンオオカミでした。それが主として人によって絶滅に追いやられてしまいました。狼は人を襲うこともありましたが、回り回って農作物を鹿や猪の害から守ってくれる動物として、例えば真神と呼ばれて崇められていました。最近の鹿や猪の被害の増加は、狼の絶滅と深く関わっていると考えられています。

沼涸れて狼渡る月夜かな　　村上　鬼城

凄みがあり、風格があります。絶滅前の狼です。

明治三十八年（一九〇五年）、和歌山県東吉野村鷲家口で捕獲されたのを最後に狼は絶滅したとされています。しかし、その後も狼は詠み続けられています。絶滅しても狼は人の心に生き続けているようです。

平成六年（二〇〇六年）は戌年でした。日本には三体のニホンオオカミの剝製が遺されています。国立博物館、東京大学、和歌山大学（現在は和歌山県立自然博物館）です。その内東京大学と和歌山大学の剝製が上野動物園で展示されました。感激的な出会いに興奮しました。

この頃、神奈川県南足柄市郷土資料館で「丹沢周辺のオオカミたち」という企画展がありました。ここでは沢山の狼の頭骨が

狼像（長野県富士見町）

展示されました。全国で七七体の頭骨が確認されているといいます。これを「オカシラサン」とか「お犬さん」と呼んで「狐憑き」を追い払い、子どもの夜泣きや疳の虫封じの呪《まじな》いの具として重用したのだそうです。狼の民間信仰の篤さの一部始終は『オオカミの護符』（小倉美恵子　新潮社）に詳しく描かれています。

『オオカミはなぜ消えたか』（千葉徳爾　新人物往来社）には寛政十一年、八ヶ岳山麓の長野県乙事村（現富士見町）で、吉右衛門という人が狼に食い殺され、それを村共同社会の罪障として神社に百八の灯明を献じ、後にお犬様を祀ったとの記録が残されていると書かれてありました。私はこのお犬様を一目見たいとあちこち探し、遂に原村の役場が探しあててくれました。富士見町若山の農家の庭に祀られてありました．開発であちこちさまよい、ここに落ち着いたようでした。文化四年と刻まれており、事件後八年の隔たりがありますが、精悍な面構えをしています。ここにも人と狼の深い関わりが残されているように思われ感慨深いものがあります。

絶滅のかの狼を連れ歩く　三橋　敏雄
おおかみに螢が一つ付いていた　金子　兜太
遠吠の雪の気配に変りけり　太田　土男

狼は生きている。そう信じている人が今でもいます。熊谷達也の『漂泊の牙』は生き残ったニホンオオカミを追跡する物語です。強いものへの憧れ、亡んだものへの郷愁と畏敬、そのようなものを感じました。

リック・バス『帰ってきたオオカミ』はイエローストーン国立公園の絶滅した狼の再導入の話です。カナダから連れて来た三一頭の狼は数百頭に増え、鹿の頭数は減少し、生態系は回復しつつあるといいます。

日本でも中国大興安嶺の狼が嘗てのニホンオオカミに近いとして狼を山野に復活させようと本気で取り組んでいる人たちがいます。ニホンオオカミの復活は、生態学的にいえば、トキを自然に戻す取り組みと変わることはありませんが、まだ沢山のハードルを越えなければならないのも事実です。

鹿のこと

最近、鹿の増加で、農産物、森林、国立公園の管理な

鹿

どで悲鳴にも似た話を聞くことが多くなりました。

鳴く鹿のこゑのかぎりの山襖　飯田　龍太
鹿垣を結び連ねたる山の水　斎藤　夏風

鹿の増減に関わるのは冬の餌事情です。『シカ問題を考える』（高橋成紀　ヤマケイ新書）は増加の誘因として、①森林伐採面積の増加、②牧場の存在、③温暖化による暖冬、を上げています。森林を伐採するとその後に一時的に鹿の好む草原が出来、牧場があれば牧草の芽吹きが早いので早春から草が供給されます。温暖化も同様です。このため、抵抗力の弱い若鹿の越冬率が高まるのです。それに加えて、④狩猟圧の低下、⑤狼の絶滅など駆除の機会が減っていることが上げられています。

鹿の子のひたむきな瞳に見つめらる　鈴木　貞雄

猪のこと

朝日新聞（二〇一八・一・一八夕刊）に「イノシシ被害　列島北上」の記事が掲載されました。これまで冬に三〇センチ以上の積雪があり、根雪が七〇日以上ある地域では越冬出来ず、生息しないとされてきました。それが秋田にも出現したのです。

全国に約九四万頭生息し、農作物被害は五一億円（二〇一五年）と見積もられ、獣の被害の三六％を占めるといわれます。因みに鹿の被害は更に大きく四二％となっています。

一文字に裂かれし腹や吊し猪　　鈴木　貞雄
猪の皮干してある桜かな　　太田　土男

猪被害の大きいのは西日本で、嘗て中国新聞取材班は記事を連載し、後に『猪変《いへん》』（本の雑誌社）に纏めました。ここには被害の実態、暮らしの中でどうつき合って行けばいいかなど幾つかの問題提起、問いかけをしています。

この取材の中での圧巻は瀬戸内海を泳いで島に渡る二匹の猪の写真です。今まで生息していなかった島に自らの力で分布を広げてゆくしたたかさです。

熊の出没

みちのくは底知れぬ国大熊《おやぢ》生く　佐藤　鬼房

月光の分厚きを着て熊眠る　高野ムツオ

クマ

最近（二〇二三年十一月）こんな情報が毎日のように飛び交っています。

「大和と芋沢でクマの目撃　宮城県でクマの目撃相継ぐ」「平野部出没のクマ　警戒心から攻撃的に　専門家が富山市で警鐘」「秋田市と北秋田市でクマ被害相継ぐ　男女三人けが　二〇二三年の人身被害は六五人に　秋田」「クマが襲撃か　一人死亡　警察は不明の二〇代男性との関連調べる　北海道・大千軒岳」「クマを集落に寄せ付けないために　餌になるものを放置しない　狩猟での捕獲上限　一〇〇頭に　秋田」

本多勝一は『北国の動物たち』（集英社文庫）で大正年代に北海道、天塩の開拓部落であったヒグマによる七人の殺害、三人の重傷という惨劇を語っています。吉村昭も『羆嵐』（新潮文庫）として描いています。

本多勝一は同じ著書の中で、昭和三十四年度のヒグマによる被害状況を表に纏めています。それによると家畜の殺害された数は馬四〇頭、牛三四頭、羊六八三頭に上ります。更に、昭和四十三年には、馬三六頭、牛九九頭、羊五九頭となっています。馬が減って牛が増えているのは、相対的に馬の飼養が減り、牛が増えているからですが、これらから家畜に大きな被害が出ていることが分かります。最近ではヒグマ OSO18が話題になっています。このヒグマは令和五年七月に殺害されましたが、四年余りの間に、六六頭の牛が被害に合い、内三二頭が死亡しています。

ツキノワグマは九州を除く本州と四国に生息します。九州では絶滅し、四国では生息が確認されていますが、ごく僅かで、中国地方でも生息数は減っています。環境庁の資料によると、令和二年、ツキノワグマの出没確認数は二〇、八七〇件、人身被害数一四三件で被害人数は一五八名、内二名が死亡しています。この年の許可捕獲数は七、一二二頭です。

ヒグマと違って牛が襲われることは殆どありませんが、仔牛や鶏舎の被害が報告されています。またトウモロコシ畑が荒らされたという報告が沢山あります。先の資料によれば令和元年のクマによる農作物被害額は四億円余と見積もられています。

生くることしんじつわびし熊を見る　　安住　敦

　クマは越冬のために秋には沢山食べなければなりません。しかし、団栗などの山の恵みには豊凶があって、足りない時もあります。そんな時には行動範囲を広げて里に出てくることになります。里で柿などの果実を食べたり、ゴミをあさる。味をしめるとくり返します。クマは臆病な動物です。本来人里を避けようとしますが、過疎化で人が減り、土地が荒れてくるとここに生息範囲を広げることになります。斯くして人と出会うことが多くなるのです。

　沢山の被害の実態を上げました。だからといってクマが全くいなくなったらいいと思う人はいないでしょう。クマと人が出会わないようにすればいいわけですから、そのための知恵を出し合うことが大切です。熊と人の住み分け、そして緩衝地帯を設ける、などの提案がされています。

　人は大きな智慧を獲得し、自然を浪費してきました。人に害があるか否かという価値観で単純に排除することは慎まなければなりません。

牛馬の行事、まつり

沢崎坦は『馬は語る』の中で、馬にまつわる神事、祭礼や地方行事として、岩手のチャグチャグ馬コ、鎌倉鶴岡八幡宮の流鏑馬、愛知県一宮市と岐阜県関市の飾り馬、飛驒高山市の馬頭観音祭、滋賀県田中の馬祭、宮崎県の鵜戸神社のシャンシャン馬、鹿児島県の鈴懸馬などをあげています。

闘牛

闘牛は牛突きとも呼ばれ春の季語とされています。各地で色々な季節に行われるようになり観光化しています。隠岐や宇和島はよく知られていますが、沖縄、徳之島（鹿児島）、山古志・小千谷（新潟）、久慈（岩手）など全国に及んでいます。

闘牛

闘牛も横綱級になると一トンの牛が角突き合わせるのですから凄まじいものです。隠岐では黒毛和種の雄が登場します。八〇〇年前、後鳥羽上皇を慰めるために始まったと伝えられています。牛舎に寛いでいるところを見せて貰いましたが、時々鼻息を荒々しくするもののいたって静かなものです。貫禄というものかも知れません。

負牛の一吼島の梅雨あがる　金城　南水
負け牛の舌垂直に地の旱り　翁長　求
闘牛の目玉どうしが押し合へり　野中　亮介
牛角力の花道うづめ落椿　下田　稔
闘牛にたたかはぬ日や渚ゆく　太田　土男
つつじ祭の真ン中に牛闘はす　工藤　節朗

久慈の闘牛は日本短角種です。闘牛場は白樺の純林が美しく、つつじの名所でもある平庭高原にあります。この辺りには三陸の海から盛岡など内陸へ通じる塩の道があります。鉄や海産物も運びました。途中には塩宿という宿場もありました。荷は六、七頭の牛を一群として行列を作って運びます。実は闘牛の起こりは、この時の牛の順位付けの必要から起こったといわれています。ボス牛を決めて、その牛を先頭に置くことで、スムーズに進むのです。極めて実用的です。

南部牛追唄は

田舎なれども南部の国は

西も東も宝の山　コラサンサエ

と歌い出し、こんな一節もあります。

先もよいよい　中牛もよいが

まして後牛　なお可愛いい　コラサンサエ

先頭を先牛《さきうし》といって実力のある牛を、後牛は新参の三歳牛を置いて調教するのが慣わしだったといいます。後牛は重い荷ではなく、食糧や炊事道具をつけました。

日本短角種はこの地で改良された牛です。この牛が新潟などの闘牛にも提供されています。どちらの闘牛も戦いに勝負をつけません。引き分けにします。その共通性も興味のあるところです。

塩宿

チャグチャグ馬コ

盛岡の初夏の馬の祭です。開催は田植えの終わった六月十五日と決まっていましたが、今は六月の第二土曜日に定着しています。

馬にきらびやかな装束を着せ、沢山の鈴をつけて、朝早くから鬼越蒼前神社（滝沢市）、蒼前さまに馬コや馬方が集まってきます。ここまで来ると岩手山は目と鼻の先です。馬の息災を祈願して馬共々お参りをを済ませばいよいよ出発です。馬にはめかした稚児や姉こが乗り、鈴を鳴らして賑やかに一五キロの道を進みます。田んぼを通り、盛岡の街中をゆき、八幡宮を目指します。チャグチャグの鈴の音は「残したい日本の音風景百選」にも選ばれています。百頭にもならんかという馬の鈴の音です。

チャグチャグ馬コ

チャグチャグ馬コ家の宝の孫乗せて　小菅　白藤

ちゃぐちゃぐ馬こ森に木霊を引きにけり　昆　ふさ子

私の知人は、薪を商っていました。冬を前に一山買って薪を伐り出します。その木出しに馬を使うのです。木出し馬です。このため馬コの衣装一切を持っていてこの日が来ると自らも馬子衣装を着込んで勇みます。ある時は東京の孫を乗せて晴れやかでした。

チャグチャグ馬コの歴史は江戸時代に溯るといいます。宮沢賢治も「ほんのぴゃこ夜明げがゞった雲のいろちゃんがちゃがうまこ橋渡て来る」と詠んでいます。この地は南部曲り家で知られるように古くから馬産地です。今では馬の利用はなくなりましたが。この日のために馬を手もとに置く人もいます。あるいは借り馬してこの日を迎えます。

野馬追

野馬追は平将門に溯ります。野馬を敵に見立てて追い、狩った野馬を神馬として奉納しました。

野馬追

相馬に移った後も祭礼として続けられました。
現在は七月二十三日から二十五日まで三社の祭礼として行われています。甲冑に身を固めた武者四百騎が三日間戦国絵巻を繰り広げます。一日目の出陣式、二日目は武者行列、甲冑競馬、神旗争奪戦のクライマックスを迎えます。三日目は野馬掛け、放たれた野馬を白装束の人たちが神社に追い込み、神馬として奉納します。

野馬追の行列町を貫けり　松崎鉄之介
野馬追の甲冑競馬ぶっちぎり　〃
野馬追の神旗争奪奔馬も出る　〃
野馬追の軍者会議に侍りけり　〃

十年間に八回通って野馬追に執しました。武者行列の句は旧原町庁舎前に句碑として建立されています。震災による原発事故で街はひっそりとしていた時期もありましたが、句碑はどっしりと据わり続けました。野馬追も暫く途絶えていましたが復活しています。

六　馬のはなし

馬の放牧（北海道　十勝牧場）

岬馬

岬馬（宮崎県　都井岬）

サラブレッド（北海道　日高）

木曽馬（長野県　開田村）

チャグチャグ馬コ（岩手県滝沢市・盛岡市）

六　馬のはなし

仔馬

仔馬、春駒など、春の季語です。仔牛は季語ではありません。これは馬の生理として春に交尾し、妊娠期間は三三〇日、必ず春に仔馬が誕生するからです。一方、牛はどの季節でも妊娠が可能です。

生まれた仔馬は、半時間もすれば起ち上がり、二時間もすればしっかりしてきます。これは馬に限ったことではなく、そうでなければ天敵に襲われてしまいます。進化の過程で得たこのような能力は家畜化されても残っているのです。

馬の仔に母馬が目で力貸す　　木附沢麦青

生まれて一時間もすれば乳房に吸いつきます。分娩後一週間くらいが初乳で、母親から疾病などからの抵抗力を貰います。二ヶ月くらいすると母親を真似て草を食べ始めます。六カ月くらいまでは母乳を吸う姿が見られます。ここも牛と違うところです。

牛、特に乳牛の場合には、牛乳を搾るのが目的ですから仔牛を母牛から早々に離して、もっぱら哺乳瓶から人工乳を飲ませます。

北海道の道南、日高地方は競走馬（軽種馬）の有数の生産地です。広々とした放牧地（パドック）に母子でのんびりと過ごしている光景を見ることが出来ます。

仔馬（北海道日高）

馬と人との関わり

馬の利用は、乗用、輓用（輓馬）、駄用（駄馬）に分けることが出来ます。輓は曳くこと、主な仕事としては耕耘など、農業の場面になります。木出し馬もこれに当たるでしょう。駄は運ぶことです。塩や海産物、農産物、あるいは材木、鉄などあらゆるものの輸送手段です。

仔馬ひく橇をみんなが振り返る　高野　素十
橇馬も急げり遠き燈が力　山崎和賀流
馬方に花の遅速を尋ねけり　野中　亮介
馬も潔め早苗饗の酒はじまれり　木附沢麦青
馬も青年働く汗をしたたらす　〃

明治大正時代は、馬の殆どは農耕馬として農家が飼っていました。曲り家という家の造りがあります。馬は労働手段として、大切に飼育されていました。

曲り家

時代が進むと、輓馬としての軍事利用が重視されるようになります。日清戦争、日露戦争で軍馬が徴用されますが、日本馬の質が比較され、産馬の改良が国によって強力に進められるようになります。在来馬の繁殖は厳しく制限され、馬の徴兵制度ともいえる法が制定されます。日露戦争では二二万頭余が、日中戦争からアジア・太平洋戦争では六〇万頭から七〇万頭が戦場に送られたといいます。多くは帰国することはありませんでした。

今でも農村に行くと、出征軍馬の碑を見ることがあります。碑は慰霊するだけでなく、「武勲」を顕彰するものもあり、分かっているだけで九五〇基を数えるといいます。

出征軍馬の碑（那須塩原）

軍馬育みし草地に草ひばり　友岡　子郷
昭和衰へ馬の音する夕かな　三橋　敏雄
草の花軍馬も鳩も還らざる　小原　啄葉

終戦とともにこれらの法律はなくなりますが、農業等の場面では機械化が進んでゆき、馬の飼養頭数は急激に減ってゆくことになります。

最近では、馬といえば軽種馬（競走馬）になってきました。競馬です。軽種馬は乗馬にも用いられますが、スポーツとしての乗馬はまだ多くはありません。

馬は愛玩すべきものという考えが圧倒的ですが、食用にも供されてきました。表面だって見ることはありませんが、現在も根強い需要があります。

軍馬出征（写真集『わが心のふるさと』川崎市多摩農業協同組合）

在来馬

日本の在来馬は土産馬（どさんこ）、木曾馬、岬馬（御崎馬）、与那国馬、宮古馬、トカラ馬、野間馬、対州馬などです。南部馬、三春駒など既に姿を消してしまったものも少なくありません。在来馬はそれぞれの自然と使役の中で特徴ある馬として育てられてきたのです。

鳳仙花ひづめやさしく対州馬　　山口都茂女

下北半島の田名部（現むつ市）には南部馬の系統を引く田名部馬がいます。その一部が尻屋崎で周年放牧されました。それが寒立馬です。夏に行くとシバなどを食べてのんびり過ごしています。馬に混ざって日本短角種（あか牛）も放牧されますが、秋には帰ってしまいます。馬は冬の間は木の枝葉を食べ、雪を掘ってササを食べます。吹雪に立ちつくす馬は感動を与えます。粗食に耐えて育つため頑健で、そこに人気がありました。

寒立馬雪食うて腹ふくらむや　　関川竹四

寒立馬（日本短角種との混牧）

湯気の立つものを糞りたり寒立馬　木附沢麦青
雪の馬われに聞こえぬものを聞く　今瀬　剛一

都井岬（宮崎県）には岬馬がいます。山林と草地の五五〇ヘクタールに放牧されています。最小限の管理のほかは、「野性」を大切にしています。短期間でしたが草原や森に入り植生や馬の生態を観察したことがあります。馬の群れの近くに座り込んで、暮らしの一齣の一部始終を見せて貰いました。林に入ると死んだ馬の頭骨が転がっていることもあります。貴重な空間です。しかし、ここも一度戦争の影が落とされ、大型馬を入れて産馬の改良が試みられました。その影響は、いまでも出てきますが、前に戻すために淘汰が行われます。

岬馬は戦後間もなく、今西錦司によって個体を識別し、個体の行動を通して、個体の相互関係、つまり社会関係を研究したことで知られています。動物社会学の記念碑的研究で、この手法は、やがてサルに適用されて大きな展開を見ることになるのです。

岬馬（宮崎県）

馬の眸に前髪かかる朝曇　　正木ゆう子

「前髪かかる」がいかにも野生馬に相応しい。
ここには沢山の観光客も訪れ、ビジターセンターの「うまの館」ではダイナミックな映像を見ることが出来ます。

開田高原（長野県）の「木曾馬の里」には木曾馬がいます。体軀が小さく、粗食に耐え、頑健で飼いやすいとされています。家族の一員として可愛がられても来ました。しかし、現在残されている木曾馬にも数奇な運命がありました。戦時中、小型馬の繁殖は禁止され、断種されたのです。戦後、木曾馬は絶滅したかと思われていました。しかし、神社に神馬と捧げられた一頭の馬が去勢を免れていたのです。村人たちの、馬に対する愛情が木曾馬をひそかに守ったのかも知れません。ここから木曾馬は復元されていったのです。近親交配になり、課題もありますが、馬たちは何ごともなかったように木曾馬の里に暮らしています。

つなぎやれば馬も冬木のしづけさに　　大野　林火

馬の瞳も零下に碧む峠口　　飯田龍太

木曾のなあ木曾の炭馬並び糞る　　金子兜太

在来馬はほとんど経済的価値をなくしてしまった馬たちです。トカラ馬は鹿児島大学で大事に飼われています。一度絶やせば復元は難しいでしょう。こうして土地それぞれで地道な努力がされているのです。

木曾馬（長野県）

競走馬のこと

競走馬生産農家は全国で八〇〇戸余りあり、その九〇%は北海道の日高にあります。国道二三五号線を新冠、静内、浦河と海岸線を車で走ると競走馬の牧場が続きます。馬好きの観光客も多いようです。ここから沢山の名馬が生産され、またここで余生を送っています。

馬埋めて辛夷が空に残りけり　戸塚時不知

苫小牧にほど近いノーザンホースパークで当歳馬（零歳馬）の糶を見せて貰ったことがあります。仔馬は母馬と糶場に上がります。一声、百万ないし一千万で糶値が上がってゆきます。億の単位です。私は試験場にいる頃、試験に供する牛の条件をできるだけ揃えるために日本短角種の糶に買い手として入れてもらったことがありますが、精々一〇万、二〇万のレベルです。

馬市の高値のこゑの澄みにけり　小原　啄葉

糶落とされると牧場に母子で帰ります。買い手がすぐ持ち帰るのではなく、生産した牧場で育て、調教して貰います。この後が、仔馬にとっては試練の厳しい日々が続きます。

血統が支配する世界ですが、食草のミネラル含量や草地の堅さ具合などにもこだわりがあります。強い馬に育てるための草と草地、ということで調査したことがあります。こうして草地に入っていると興味津々の仔馬は傍に来て、シャツを噛んだり、引っ張ったりします。そういう時には脅かさないように、優しくたしなめます。驚かして足でも捻挫したら大変なことになります。何しろ億の単位の値段の馬です。

競争馬（北海道日高）

主な引用文献

『牧の歴史』菅原源壽　日本中央競馬会　一九七五
『牛と日本人』　津田恒之　東北大学出版会　二〇〇一
『畜産の近未来』　水間豊編　川島書店　一九九一
『日本の馬と牛』市川健夫　東京書籍選書　一九八一
『草地と日本人』須賀丈ほか　築地書館　二〇一二
『風土　人間学的考察』和辻哲郎　岩波書店　一九三五
『ススキの研究』平吉功先生退官記念事業会　一九七六
『植物の体の中では何が起こっているのか』嶋田幸久、菅原正嗣　ベレ出版　二〇一五
『新草地農学』　山根一郎ほか　朝倉書店　一九八九
『草地の生態学』沼田真監修　築地書館　一九七三
『草原の生態』岩城英夫　共立出版　一九七一
『放牧の手引き』草地試験場　一九九九
『むらの自然をいかす』守山弘　一九九七　岩波書店
『身近な畜産技術』パンフレット（家畜の視覚）一九号　畜産技術協会　二〇〇七
『畜産の新しい技術』パンフレット（牛のトレーサビリテイ）　畜産技術協会
『やさしい畜産技術の話』　畜産技術協会　二〇〇五

『草地管理指標』草地の公益機能編　農林水産省　一九九七
同　草地の放牧利用編、放牧牛の管理編　農林水産省　一九九九
同　飼料作物生産利用編　農林水産省　二〇〇一
同　草地の管理作業編、草地の採草利用編　農林水産省　二〇〇三
『粗飼料・草地ハンドブック』養賢堂　一九八九
『地球温暖化とわが国の畜産』第四集　畜産技術協会　一九九五
『戦争に征った馬たち』森田敏彦　清風堂書店　二〇一一
『山菜全科』清水大典　家の光協会　一九六七
『農環研ニュース』パンフレット（茶草場）二〇一九
『世界農業遺産』武内和彦　祥伝社　二〇一三
『日本の野鳥』竹下信雄　小学館　一九八九
『馬は語る』沢崎坦　岩波新書　一九八七
『日本動物記』（都井岬のウマ―今西錦司）思索社　一九七一
『野生動物と共存できるか』高槻成紀　岩波ジュニア新書　二〇〇六
『共進化の謎に迫る』高林純示ほか　平凡社　一九五五
『糞虫たちの博物誌』塚本珪一　青土社　二〇〇七
『バッタを倒しにアフリカへ』前野ウルド浩太郎　光文社　二〇一七
『ニホンオオカミの最後』遠藤公男　山と渓谷社　二〇一八

『帰ってきたオオカミ』リック・バス　晶文社　一九九七
『オオカミの護符』小倉美惠子　新潮社　二〇一一
『オオカミが日本を救う！』丸山直樹編　白水社　二〇一四
『シカ問題を考える』高槻成紀　山と溪谷社　二〇一五
『猪変』中国新聞取材班　本の雑誌社　二〇一五
『きたぐにの動物たち』本多勝一　集英社文庫　一九八二
『羆嵐』吉村昭　新潮文庫　一九七七
『野田鹽　べこの道』野田村村誌編集委員会　一九八一
『季語深耕　田んぼの科学――驚きの里山の生物多様性』太田土男　コールサック社　二〇二二
『沖縄俳句歳時記』小熊一人　琉球新報社　一九七九

『牧野新日本植物圖鑑』北隆館　一九六一
『日本の野生植物』草本ⅠⅡⅢ　平凡社　一九八二
『日本の野生植物』木本ⅠⅡ　平凡社　一九八九

『角川俳句大歳時記』春夏秋冬新年　角川書店　二〇二二

あとがき

最近ではまきばは一寸旅してても目にするようになりました。のんびりと草を食む牛たち、それらを包む広々とした開放空間は癒やしの場でもあります。歳時記を繙いても直接にまきばらしい季語は殆ど見かけませんが、立ち入ってみると如何に沢山の季語があるか、この本を読んで下さった方は理解いただけたと思います。牛馬は勿論のこと、草木も沢山の動物たちも此処には生き生きと暮らしています。膝を折って、時に寝ころんでこれらの生きものたちの声を聞いて欲しいと思います。きっと、俳句の手がかりをもらい、元気をもらいます。

生物多様性ということがこの頃よく言われますが、まきばも牛馬を飼うという人の生業に寄り添って生きて、暮らしている動植物たちが沢山います。まきばは生物多様性を支える一角をなしているのです。

『季語深耕　まきばの科学』は、先の『季語深耕　田んぼの科学』の姉妹編であり、続編です。これらは、「田んぼ」、「まきば」という切り口で季語を深耕した季語論です。読み易くするためにいろいろな工夫をしたつもりです。時に私の経験を交えて書き進めたこともその一つです。このような季語への多面的なアプローチがあって、それが俳句に反映されて季語は確かに、そして豊になってゆくと私は思っています。まきばの俳句がもっともっと詠まれ、親しまれることを願っています。

草稿には現に農水省の研究者で嘗ての同僚の菅野勉さんから貴重なご意見をいただきました。記してお礼を申し上げます。

先輩の沢山の俳句を引用させていただきました。併せてお礼申し上げます。

編集の労は「百鳥」の石﨑宏子さんを煩わせました。ありがとうございます。さらにコールサック社の鈴木比佐雄さん、鈴木光影さんには色々とご助言をいただきました。写真の多くは私の折々に撮った写真ですが足りないところは補充していただき、誌面を美しく飾り、読み易くしていただきました。お礼申し上げます。

二〇二四年一月

太田　土男

著者近影
北海道上士幌町、日本一大きなナイタイ牧場

著者略歴

太田土男（おおた　つちお）

1937年8月、川崎に生まれる。本名　顯《けん》

1960年に職を得て農水省東北農業試験場（盛岡）、以後研究機関を転々、草地試験場（那須）・農業環境技術研究所（筑波）の研究部長、筑波大学講師（非常勤）などを歴任。専門は草地生態学。

1958年に「濱」大野林火に師事、次いで松崎鉄之介に師事。1960年「草笛」入会、2008年「草笛」代表。1974年「鬼怒」入会。1994年「百鳥」創刊とともに同人。

濱賞（1974年）、第八回栃木県俳句作家協会賞（1975年）、百鳥鳳声賞（1996年）、第10回俳壇賞（1996年）、第12回俳句研究賞（1998年）。

句集に『西那須野』（1983年）、『遊牧』（1993年）、自註現代俳句シリーズ『太田土男集』（2001年）、『草原』（2006年）、『花綵』（2015年）、『草泊り』（2020年）。著書に『自然折々・俳句折々』（2011年）、『季語深耕　田んぼの科学　―驚きの里山の生物多様性―』（2022年）。『大野林火　俳句鑑賞ノート』（2023年）、『松崎鉄之介　俳句鑑賞ノート』（2023年）。

現在「草笛」名誉代表 、「百鳥」同人。俳人協会名誉会員、日本文藝家協会会員。

住所　〒214−0038　神奈川県川崎市多摩区生田3−5−15

石炭袋

百鳥叢書 138
季語深耕　まきばの科学　—牛馬の育む生物多様性—

2024 年 3 月 25 日初版発行
著　者　太田土男
編　集　鈴木光影・鈴木比佐雄
発行者　鈴木比佐雄
発行所　株式会社 コールサック社
〒 173-0004　東京都板橋区板橋 2-63-4-209
電話 03-5944-3258　FAX 03-5944-3238
suzuki@coal-sack.com　http://www.coal-sack.com
郵便振替　00180-4-741802
印刷管理　（株）コールサック社　制作部

装幀　松本菜央

落丁本・乱丁本はお取り替えいたします。
ISBN978-4-86435-607-7　C0095　￥2000E